Gabriele Vasak,
geboren 1963 in Wien, studierte Germanistik und Romanistik. Sie arbeitet als freie Schriftstellerin und Journalistin und schreibt Bücher für Erwachsene und Jugendliche.

Gabriele Vasak

sowieso allein

UEBERREUTER

Dieser Roman wurde durch ein Stipendium der österreichischen Autorenförderung »schreibzeit« und ein Mira-Lobe-Stipendium des Bundesministeriums für Unterricht, Kunst und Kultur unterstützt.

Das säurefreie und alterungsbeständige Papier EOS liefert Salzer, St. Pölten (hergestellt aus chlorfrei gebleichtem Zellstoff aus nachhaltiger Forstwirtschaft).

ISBN 978-3-8000-5497-8

Umschlaggestaltung von Kerstin Schürmann
unter Verwendung eines Fotos von Photocase, Berlin

Druck: Friedrich Pustet, Regensburg
7 6 5 4 3 2 1

Zu diesem Buch gibt es Unterrichtsmaterial als Download auf www.ueberreuter.at.

Inhalt

Für Laura

I feel stupid, and contagious
here we are now, entertain us

Kurt Cobain
Smells Like Teen Spirit

Scheißwelt

Mit Klara ist es nicht mehr so, wie es war, sie hat alles kaputt gemacht, und das Einzige, was mir bleibt, ist die Musik von Kurt, ich liebe die Stimme, mit der er seine Sachen herausschreit, die Welt ist Scheiße und wir sind es auch.

Scheiße war alles schon, als ich Klara kennenlernte, ich war auch damals nicht glücklich, genauso wenig wie sie, aber irgendwie hat zwischen uns vom ersten Moment an, als wir uns begegneten, alles gepasst. Das war im dritten Gymnasium, in das ich ging, nachdem ich aus dem ersten rausgeflogen war, weil ich Mist gebaut hatte, und nachdem ich das zweite verlassen hatte, weil wir in das neue Haus übersiedelt waren und der Schulweg viel zu weit gewesen wäre, und es war mitten im Schuljahr, und alle kannten sich untereinander, und ich kam in die Klasse und hasste sowieso schon alle, ohne dass ich sie gesehen hätte, ich wusste einfach, dass die anderen für mich nie passten, und der Klassenvorstand sagte, ich solle meinen Namen sagen und was meine Hobbys sind. Das fand ich so blöd, dass ich fast lautlos *Lena* gegen die Wand flüsterte und sagte, dass ich keine Hobbys hätte, und dann setzte ich mich auf den nächstbesten freien Platz und begann irgendetwas zu kritzeln, und neben mir saß Klara. Sie war da allein gesessen, weil sie mit den anderen auch nichts am Hut hatte, und natürlich sagte sie kein Wort zu mir, ich spürte nur, wie sie mich genauestens beobachtete, und ihre Augen folgten meinem Gekritzel auf dem Zettel, den ich mit sinnlosen Buchstabenreihen und Symbolen füllte, während die Lehrerin englische Vokabeln an die Tafel schrieb.

Das ging tagelang so, wir sprachen kein Wort miteinander, und je länger sie schwieg, desto sympathischer wurde sie mir, es gefiel mir, dass sie auch sonst kaum etwas sagte und sich die meiste Zeit damit beschäftigte, mit Kugelschreiber kleine Zeichnungen auf ihren Handrücken zu malen, die Spuren hinterließen, weil sie sich nicht ganz wegwaschen ließen, und aus den Resten dieser Zeichnungen gestaltete sie am nächsten Tag wieder neue Kugelschreiberbilder, und ihre Hände sahen irgendwie aus wie Kinderhände, obwohl sie die Nägel schwarz oder dunkelrot lackiert hatte, das machte so einen geilen, bizarren Kontrast.

Die anderen aus der Klasse versuchten, mit uninteressanten Fragen etwas aus mir herauszukriegen, das nervte mich maßlos, und ich dachte, dass ich wieder einmal recht gehabt hatte, sie zu hassen, ohne sie zu kennen, und das dachte ich umso mehr, wenn ich sie ihr banales Zeug reden oder zu den blödesten Bemerkungen wie die Hyänen loskichern hörte. Sie fanden sich cool, wenn sie pseudogruftimäßige Kleidung anzogen, zur falschen Musik headbangten und dann auch noch bei den Lehrern schleimten, und alles, worüber sie redeten, war so kindisch, dass ich mich fragte, wie alt sie waren, und ich gab ihnen nur ganz knappe Antworten, wenn sie mich etwas fragten, und sagte von mir aus nie etwas zu ihnen, und irgendwann gewöhnten es sich die meisten ab, mit mir reden zu wollen, und das war mir nur recht so.

Ich wollte meine Ruhe haben, und mit Klara neben mir ging das auch gut, ich sah nur ab und zu auf ihre Hände und checkte, was für Zeichnungen sie darauf hatte, und ich spürte ihre Blicke, wenn ich meine Kritzeleien aufs Papier warf, und eines Tages fragte sie mich plötzlich einfach so, ob ich nach der Schule zu ihr nach Hause kommen wollte.

Es war irgendwie klar, dass ich sofort ja sagte, und nach dem letzten Läuten packte Klara schweigend ihre Sachen und ging los und ich folgte ihr. Auf dem Weg machte sie nur ganz kurze zynische Bemerkungen über die Leute, die uns begegneten, oder sie deutete mit einem Kopfnicken auf irgendeinen abgefahrenen Typen, und ich wusste sofort, was sie meinte, und ich meinte dasselbe, und mein Herz begann vor Freude ein bisschen zu klopfen.

Mädchenzimmer

Mein Herz klopfte auch, als wir Klaras Wohnung betraten. Sie war winzig klein und eng, stank nach Katzenpisse und abgestandenem Zigarettenqualm, und es war die hässlichste und deprimierendste Wohnung, die ich in meinem Leben gesehen hatte. In der Küche saß Klaras älterer Bruder Adrian in Unterhosen, er rauchte, grüßte nicht und fuhr stattdessen gleich Klara an, dass er Hunger habe und warum sie so spät komme und noch nicht gekocht habe. Klara sah ihn nicht mal an, sie warf nur ihre Schultasche in eine Ecke, ging dann zum Kühlschrank und begann zu kochen. Währenddessen sagte sie wieder kein einziges Wort, sie rumste nur umso lauter mit den Schubladen und dem Geschirr herum, und ich drückte mich in eine Ecke auf der Küchenbank, möglichst weit weg von ihrem Bruder und fühlte mich unwohl, während eine schwarzweiße Katze sich an meinen Beinen rieb und Adrian mir immer wieder absichtlich Rauch ins Gesicht blies.

Als sie fertig gekocht hatte, knallte Klara drei Teller auf den Tisch, den Topf mit Kartoffeln und die Pfanne mit den im brennheißen Fett blubbernden Schnitzeln, und dann aßen wir, und nur das eklige Schmatzen von Klaras Bruder war zu hören. Als er fertig gegessen hatte, schob Adrian den Teller mit einem Ruck von sich, rülpste und zündete sich eine Zigarette an, und Klara räumte ab, wusch Pfanne und Topf und stellte das schmutzige Geschirr in den Spüler, und dann nickte sie mir kurz zu und wir gingen in ihr Zimmer. Auch dort war es klein und eng und die Möbel sahen nach Ikea-Kinderzimmer aus, aber an den Wänden hatte sie unzählige Plakate von Kurt aufgehängt, und seine Texte mit der Hand auf Zettel geschrieben, und dazwischen gab es ein paar Pferdebilder, ein Poster der Simpsons und dieses Schwarzweißbild von den Arbeitern, die auf einem Balken in der Luft sitzen, genau das hatte ich auch.

Klara machte Musik an, fläzte sich auf eine unsägliche rosa Couch, fingerte ihre Zigaretten aus der Jacke und hielt mir das Päckchen hin. Ich setzte mich ans andere Ende der Couch, und wir rauchten und hörten der Musik der *White Stripes* zu, und die schwarzweiße Katze sprang mir auf den Schoß und rollte sich genüsslich ein, und ich fühlte mich irgendwie sehr angenehm. Draußen hörten wir Adrian herumfluchen, und Klara stellte die Musik lauter, damit sie sein Gefluche übertönte, und dann sagte sie, die Schule ginge ihr so was von am Arsch vorbei, aber wirklich und im wahrsten Sinn des Wortes, das sei alles so kindisch und unreif, was wüssten die alle schon vom Leben, sie habe praktisch eine Familie zu versorgen, und sie erzählte mir, dass ihre Mutter sich zu Hause um nichts kümmere, sie müsse den Haushalt führen und die Katze versorgen, und eine kleine Schwester habe sie auch noch, die müsse sie jeden Tag vom Kindergarten abholen, füttern, mit ihr spielen und sie oft auch noch zu Bett bringen, wenn ihre Mutter nach der Arbeit noch ausgehe und erst spätabends heimkäme.

Das alles erzählte sie in nüchternem, unterkühltem Tonfall, und dazu rauchte sie eine Zigarette nach der anderen, genauso wie ich leckte sie jede Zigarette am Seitenstoß ab, bevor sie sie anzündete, damit sie stärker wurde, und sie inhalierte so heftig, dass die Zigaretten schon nach zwei, drei Zügen herunterbrannten, und wir saßen in dem Qualm, der um uns herumwaberte, und ich erzählte ihr, wie es bei mir daheim war, und dann fragte ich sie, ob sie was von Kurt einlegen könnte, und Klara drehte die Lautstärke auf Anschlag, und wir saßen auf der rosa Couch und nickten mit den Köpfen zur Musik, und dann begann Klara loszuschreien, sie schrie die Worte mit Kurt mit, und ihre Augen brannten dabei, und dann schrie ich auch mit, und wir sprangen vom Sofa auf und bangten und brüllten, was das Zeug hielt, bis wir nicht mehr konnten und uns die Stimmen versagten, und dann legten wir uns nebeneinander auf den Boden, und Kurt schrie für uns weiter, und ich fühlte mich ganz schwach und glücklich zugleich, und ich wusste, dass Klara mich wirklich verstand, und ich sie auch.

Kohle

Klara ist verrückt, so viel ist sicher. Ich meine, sie ist ein armes Schwein, ihre Mutter kümmert sich nicht um sie, und sie muss zu Hause alles erledigen. Irgendwie ist es eine ganze andere Welt, aus der sie kommt. Familie gibt's da nicht so wirklich. Die Erwachsenen machen ihre Sachen, und den Kindern geben sie Geld und sagen, sie sollen sich was kaufen und nicht stören. Ich meine, letzten Endes ist das bei mir zu Hause auch nicht viel anders, mein Vater ist sowieso nie da, und meine Mutter ist dauernd damit beschäftigt, sich für irgendwelche Partys schön zu machen, wo sie mit anderen Frauen herumhängt, die sich dafür genauso lange schön gemacht haben, und dann überlegen sie sich, für welche armen Kinder oder Kranken sie eine Wohltätigkeitsveranstaltung machen könnten, und wo sie dafür Punsch ausschenken oder Kekse backen oder ihre Kleiderkästen entrümpeln könnten, und wer ihnen diese Sachen, die kein Mensch brauchen kann, abnehmen könnte, und welcher bekannte Großbankdirektor oder Fußballpräsident oder Diplomatenkonsul dabei sein sollte, und wie man das dann möglichst auch noch ins Fernsehen bringt, sodass das ganze Land sieht, wie meine Mutter und ihre Freundinnen ihre abgelegten Klamotten oder ihre Kekse mit Wohltäterinnenmienen an den Mann bringen, und der Fußballpräsident oder Diplomatenkonsul sagt dann in die Kamera, dass die stolze Summe von ich-weiß-nicht-wie-viel Euro jetzt aidskranken Kindern zugutekommt, und bedankt sich bei meiner Mutter oder einer ihrer Freundinnen und schüttelt ihr die Hand, und beide halten einen überdimensionalen Scheck in die Kamera und lächeln unglaublich angestrengt, und von all der Anstrengung muss sich meine Mutter dann tagelang ausruhen und liegt bei abgedunkelten Jalousien in ihrem Zimmer und kommt nur raus, um einen Tee zu holen oder sich vielleicht mal in die Badewanne zu legen, und nach ein paar Tagen ist das wieder vorbei, und sie ist wieder damit beschäftigt, sich für eine Party schön zu machen und manchmal auch dafür, mit meinem Vater irgendwohin auszugehen, wo es wichtig ist, dass sie gemeinsam dort sind und dass meine Mutter an der Seite meines Vaters wunderschön aussieht.

So ungefähr ist das bei mir zu Hause, man könnte also nicht sagen, dass sich meine Eltern besonders viel um mich kümmern, anders würde ich es sowieso nicht ertragen, aber manchmal am Wochenende besteht mein Vater auf ein gemeinsames Mittagessen am Familientisch im Esszimmer, und dann stellen sie mir ihre öden Fragen, was in der Schule so läuft, und wie meine Noten sind, und ob ich auch Klavier übe und wie ich mit meinen Klassenkollegen auskomme, und ich sage ihnen das, was sie hören wollen, und das hat mit meiner Wirklichkeit nicht das Geringste zu tun, aber sie brauchen das und ich brauche es auch, weil die Fragen dann aufhören und ich aufstehen und gehen kann, aber im Unterschied zu Klaras Eltern geben meine mir nicht annähernd so viel Geld, denn Klara kriegt so ziemlich alles, wovon ich nur träumen kann.

Mein Vater sagt, ich muss lernen, mit wenig Geld auszukommen, er sagt, vermögend zu sein ist kein Grund, das Geld aus dem Fenster zu schmeißen, er sagt, gerade weil wir vermögend sind, muss ich sparen lernen, nur wer spart, kann Reichtum bewahren, er sagt, es ist meine Aufgabe, das zu lernen. Für mich bedeutet das, dass ich nicht nur weniger Geld bekomme als Klara, sondern auch weniger als die meisten anderen. Das nervt mich unheimlich, aber ich habe mich irgendwie daran gewöhnt, und das, was mein Vater will, dass ich lerne, werde ich nie lernen, weil ich nicht will. Ich weiß, wie ich auch ohne ihn an Geld herankomme, und wenn ich welches habe, denke ich nicht eine Sekunde ans Sparen, ich gebe alles aus, wenn es mich überkommt, auch hundert Euro in fünf Minuten, nur um für einen Augenblick lang Spaß zu haben.

Das ist bei Klara genauso, aber sie hat es ja, denn es gibt noch ihren Vater, der mit seiner neuen Frau woanders lebt und keine Ahnung hat, wie viel Geld Klara sowieso schon von ihrer Mutter bekommt, und er kauft ihr immer die neuesten Handys und MP3-Player und gibt ihr Geld für Klamotten, und manchmal, wenn wir unterwegs sind und uns die Kohle knapp wird, ruft sie ihn an, und er kommt sogar angefahren und bringt uns Zigaretten und Geld für Getränke, so ist das bei Klara, dabei ist ihre Mutter Sekretärin in einem stinkigen Fitnessstudio und ihr Vater Installateur.

Christiania

Als ich von Klara nach Hause ging, schaute ich noch bei Eliane vorbei. Sie war unsere Nachbarin in der alten Wohnung, ich war schon als Kind ganz oft bei ihr, und sie ist cool, obwohl sie so alt ist wie meine Mutter. Sie liegt die ganze Zeit im Bett und raucht und liest und hört Musik oder sieht fern. Sie arbeitet nicht und geht auch nicht raus, sie sagt, sie hält das nicht mehr aus, sie hat das sowieso zu lange getan. Eliane versteht mich ein bisschen, sie hört mir zu und sagt nicht, dass alles nicht so schlimm ist, sie sieht die Dinge so ähnlich wie ich. Wenn ich bei ihr bin, bekomme ich Kakao mit Cognac und wir legen uns gemeinsam in ihr Bett und ich erzähle ihr, was alles schiefgelaufen ist, und dass ich es kaum aushalte, auf dieser Welt zu sein, und sie hört genau zu und streichelt ihren komischen riesigen Kater und gibt ihre Kommentare dazu ab. Eliane machte mir auch diesmal Kakao mit Cognac, auf ihrem Bett standen Schachteln mit Fotos, sie erzählte, sie wollte sich gerade Bilder von den Reisen in ihrer Jugend ansehen, und wir machten es uns auf ihrem Bett gemütlich, Eliane packte die Fotos aus, und ihr komischer Kater zwängte sich zwischen uns und leckte die Bilder ab.

Sie war mit zwei Freundinnen mit dem Rucksack in ganz Europa und in Amerika herumgereist, und ich konnte schon auf den Bildern sehen, dass sie echt schlimme Sachen gemacht hatten, und am abgefahrensten fand ich die Kleidung, die sie getragen hatten. Am wahnwitzigsten waren diese hellblauen Röhrenjeans, unten ganz eng und hochwasserkurz und darunter sahen die weißen Tennissocken hervor, und die steckten in ganz komischen, kleinen Turnschühchen, und sie trugen überdimensional große Rucksäcke, die ihnen über die Köpfe reichten. Alle drei waren so gestylt, als hätten sie es sich ausgemacht, und manchmal sah man sie auch ganz in Schwarz mit hautengen Leggings und oben irgendwelche Labberleibchen, enge Trägertops waren damals anscheinend nicht im geringsten Sache, und dazu wieder diese unmöglichen weißen Tennissocken und die Turnschühchen, und ziemlich undurchsichtige, ziemlich große schwarze Sonnenbrillen trugen sie auch alle drei, und so waren sie unterwegs gewesen in Paris, in London, in Amsterdam, Kopenhagen, Stockholm, Brüssel, Berlin, Madrid, Lissabon und so weiter.

Eliane erzählte mir, dass es in Kopenhagen einen anarchistischen Freistaat Christiania gab, den sich Hausbesetzer in einem Kasernengelände erobert hatten, wo sie eine gerechte anarchistische Gesellschaft aufbauen wollten, und ich dachte sofort, da will ich hin. Eliane sagte, es habe ihr dort nicht wirklich gefallen, die Leute seien nicht gut drauf gewesen, die vielen freilaufenden räudigen Köter hätten ihr Angst gemacht, und beim Haschischkaufen seien sie abgelinkt worden, aber ich werde dahin fahren und mir das ansehen, und räudige Köter und linke Haschischverkäufer können nicht schlimmer sein als die Scheiße, die hier abrennt, und einen Moment lang blitzte so was wie eine Perspektive durch meinen Kopf, vielleicht könnte ich da hinziehen, und mein Leben wäre dann nicht mehr ganz so beschissen, und Eliane sagte, klar solle ich mir das anschauen, sie glaube aber nicht, dass es was für mich wäre.

Das mag ich so an Eliane, sie lügt mir nichts vor, sie erzählt mir alles so, wie sie es einer erwachsenen Freundin auch erzählen würde, sie erzählt mir auch die schlechten Sachen, und sie sagt auch, was für gefährliche Dinge sie abgezogen hat und dass es ihr Spaß gemacht habe und dass sie es wahrscheinlich sofort wieder tun würde, wenn sie wieder jung wäre. Ich meine, sie würde mit mir keine Drogen nehmen, obwohl ich weiß, dass sie auch jetzt noch welche nimmt, ich habe sie einmal gefragt, ob wir nicht mal zusammen einen Ofen rauchen, das würde mir nämlich mit ihr echt Spaß machen, aber sie sagte, das machen wir erst, wenn ich achtzehn bin, zuvor sei es nämlich gefährlich für sie, weil ich minderjährig sei. Meine Eltern haben in ihrer Jugend sicher auch geraucht, das sieht man einfach, wenn man sich die Fotos aus dieser Zeit ansieht, aber die würden das nie vor mir zugeben, obwohl ich es sowieso weiß, und vielleicht rauchen sie sogar jetzt noch ab und an ihren Ofen, aber das würden sie nie sagen, und eben das finde ich an Eliane so cool, sie nimmt mich ernst und respektiert, dass ich viel über das Leben weiß, vielleicht mehr als meine spießigen Eltern.

Eliane zeigte mir dann noch Fotos aus Portugal, da waren sie an der Küste auf einem Campingplatz gewesen. Eigentlich finde ich Campingplätze unglaublich spießig, aber der war so was von abgefuckt, und Eliane und ihre Freundinnen saßen da mit ein paar völlig abgefahrenen Typen vor ihrem Zelt, und das Zelt war unglaublich klein, und man konnte sich unmöglich vorstellen, dass sie da zu dritt reingepasst hatten, aber Eliane sagte, sie hätten sogar noch ihre riesigen Rucksäcke darin verstaut, und die Duschen und Klos seien absolut grindig gewesen, aber über dem ganzen Campingplatz sei ständig eine Wolke aus Haschischduft gehangen, und man habe sich zu jedem Zelt dazusetzen können und etwas mitrauchen, und außerdem habe es eine Bar gegeben, in der der coolste Typ, den Eliane je gesehen hatte, gearbeitet habe, und in den, sagte Eliane, habe sie sich unsterblich verliebt, und sie sei deshalb fast gestorben, als sie abgereist waren, denn sie hätte nichts lieber gemacht als ihr Leben lang jeden Tag in diese Campingbar zu gehen, ein Cola nach dem anderen zu trinken und diesem Gummiball, wie sie sagte, nachzusehen.

Ihre Portugalfotos zeigten auch noch wahnsinnig schöne Strände und Buchten und Blumen in den irrsten Farben, und ich bekam plötzlich totale Sehnsucht nach Sommer und Hitze und Luftflirren, aber es war Spätherbst, und die Sonne begann zu verblassen, und es würde bald enorm kalt werden und alles würde so todernst werden, wie es im Sommer ganz einfach nie sein konnte, und ich wurde traurig und wütend, dass ich in einem Land lebte, in dem es immer wieder Winter war, und ich wünschte mir nichts mehr als mit Klara auf Reisen zu gehen, so wie Eliane es gemacht hatte, aber ich war noch nie ohne meine Eltern auf Reisen gewesen, und so wie es aussah, würden sie mir das auch nicht so bald erlauben, schon gar nicht mit Klara, denn auf die hatten sie es sowieso abgesehen, ich meine, das fand ich überhaupt das Letzte, denn eigentlich kümmerten sie sich so gut wie nicht um mich, aber wenn ich Klara mit nach Hause brachte oder etwas mit ihr unternehmen oder bei ihr übernachten wollte, hatten sie immer tausend Fragen und Bedenken.

Mein Vater sagte überhaupt, Klara sei nicht der richtige Umgang für mich, und meine Mutter machte sich ständig Sorgen, dass wir zu viel miteinander herumhingen und dass ich keine anderen Freundinnen und Freunde hatte, sie sagte, das sei schlecht, weil es abhängig mache, und es sei wichtig, mit vielen verschiedenen Menschen gute

Kontakte zu haben und mal da und mal dort zu sein, das erweitere den Horizont und mache toleranter. Ich fand das bescheuert, denn mein Horizont und meine Toleranz waren sowieso unendlich groß und weit, ich meine, Klara und ich lernten auf der Straße ständig die verschiedensten Leute kennen und wir redeten mit allen, auch wenn wir die meisten letztendlich nicht aushielten, aber das ist was anderes, und für meine Mutter zählte das sowieso nicht, sie stellte sich vor, dass ich *nette Mädchen und Burschen* aus der Klasse mit heimbrachte und mit denen feine Lernrunden oder so einen Quatsch veranstaltete, und dann erzählte sie mir immer, wie viele tolle Freundinnen sie in ihrer Klasse gehabt und wie viel Spaß sie mit denen gehabt hatte, aber mit den Scheißkindern aus meiner Klasse hätte auch meine Mutter ihre Probleme gehabt, das weiß ich, und manchmal versuchte ich auch, ihr das zu erklären, aber sie verstand mich nicht oder wollte mich nicht verstehen, also versuchte ich bald auch nicht mehr es ihr zu erklären, und ich sagte nur mehr ja, ja, wenn sie davon anfing, und ließ sie reden.

Kurt

Am nächsten Tag machte es mir überhaupt nichts aus, in die Schule zu gehen, ich freute mich auf Klara, und als sie kam, checkte ich gleich ihre Handrückenzeichnung, und den ganzen Tag über machten wir nur diese Bemerkungen über die anderen, die wir mit drei Worten absolut vernichteten, oder wir nickten uns nur zu, wenn jemand etwas Bescheuertes sagte oder tat, und es waren die haargenau gleichen Dinge, die uns aufregten und fertig machten, und ich wusste immer, wann Klara zu nicken beginnen würde, und sie wusste es von mir.

Nach der Schule ging ich jetzt oft mit zu ihr nach Hause, ich gewöhnte mich an die Enge und den Gestank, an den ekligen Bruder und die schweigsamen Mittagessen und die Nachmittage auf dem rosa Sofa, und Klara erzählte mir, dass sie das Gefühl habe, dass ihre Mutter sie überhaupt nicht liebe. Sie fühlte sich wie eine Art Angestellte in ihrer eigenen Familie, die ständig eine auf den Deckel bekam, wenn sie etwas vergaß oder nicht ordentlich machte, und sie verstand nicht, warum ihre Mutter noch ein Kind bekommen hatte, wenn sie sich überhaupt nicht darum kümmern wollte. Komischerweise beschwerte Klara sich nie darüber, dass ihr älterer Bruder überhaupt keine Pflichten im Haushalt hatte und sich wie der ärgste Pascha aufführen konnte, das nahm sie einfach so hin, als sei es das Selbstverständlichste der Welt, dafür litt sie umso mehr darunter, dass ihr Geburtstag nicht richtig gefeiert wurde. Geburtstage schienen in dieser Familie enorm wichtig zu sein, für die anderen gab es immer eine große Feier in einem Restaurant, einen Riesenkuchen mit Spritzkerzen und jede Menge Geld und Geschenke, aber für Klara gab es nur ein mickriges Fest zu Hause, zu dem keine Gäste eingeladen wurden, und oft hatte ihre Mutter nicht einmal einen Kuchen für sie. Klaras Geburtstag war einer der schlimmsten Tage im Jahr für sie, sie sagte, an diesem Tag fühle sie ganz besonders, dass ihre Mutter sie nicht liebe; aber sie rannte dieser Liebe immer hinterher. Lange Zeit konnte ich das überhaupt nicht verstehen, auf eine Mutter, die mich so behandelt, würde ich wirklich scheißen, aber Klara wünschte sich nichts mehr als von dieser bescheuerten Frau anerkannt und geliebt zu werden, und sie jammerte mir damit so oft die Ohren voll, dass ich es schon gar nicht mehr hören konnte.

Überhaupt redete Klara wahnsinnig gern von sich selbst, und ich musste mir das immer in voller Länge anhören. So intensiv wie sie anfangs geschwiegen hatte, so intensiv redete und erzählte sie jetzt, nach der Schule, bei ihr zu Hause, bei mir zu Hause, am Telefon, und natürlich wenn wir zusammen ausgingen, und manchmal hatte ich das Gefühl, dass sie sich nicht im geringsten für meine Sachen interessierte und mich überhaupt nicht mehr wahrnahm, wenn sie so dahinredete und jedes Detail ihres momentanen Problems auf jede nur mögliche Art beschrieb und mich dazu um meine Meinung fragte. Sie dachte in diesen Momenten einfach nur an sich und sah nichts mehr von dem, was rundherum noch war, und sie sah vor allem nur ihr eigenes Leid, und das der anderen zählte nicht, meines schon gar nicht.

Mit der Zeit gewöhnte ich mich aber an diese Eigenschaft von ihr, und wenn sie auf diesem Trip war, versuchte ich gar nicht erst mehr, von mir zu reden, obwohl es da auch genug zu sagen gegeben hätte, aber irgendwie wusste ich sowieso, dass niemand und wirklich niemand auch nur im Ansatz verstand, was ich meinte und warum mein Leben so beschissen war, wie es eben war, und ich wusste auch, dass ich nie jemanden finden würde, der es verstehen würde, außer vielleicht Kurt, aber der war tot und nie mehr für mich zu sprechen, dabei gab es nichts, was ich mir mehr wünschte, als einmal mit ihm zu reden, und wenn ich ihn kennengelernt hätte, hätte es vielleicht einen Menschen auf der Welt gegeben, der ansatzweise verstanden hätte, warum ich das Leben nicht ertrage. Ich meine, ich hätte ihn nie blöd auf Groupie angemacht und ihn angehimmelt oder so, ich stelle mir immer vor, ich hätte irgendetwas inszeniert, um ihn ganz normal kennenzulernen, irgendwie außerhalb von Konzerten oder so. Manchmal stelle ich mir vor, ich wäre dahin gereist, wo er wohnte, und dann wäre ich dort in der Gegend von seinem Haus mit einem Taxi entlanggefahren, und dann hätte ich den Taxifahrer gebeten, eine Autopanne zu simulieren. Dort, wo das Haus steht, in dem Kurt wohnte, ist es ja ganz einsam, da gibt es sonst keine Häuser, und dann wäre ich aus meinem Taxi ausgestiegen und zu Fuß zu seinem Haus gegangen und hätte angeläutet, und vielleicht hätte ja wirklich er aufgemacht, und dann hätte ich gesagt, dass ich eine Autopanne habe, und hätte gefragt, ob ich vielleicht mal kurz sein Telefon benützen könnte, um den Pannendienst anzurufen, und ich hätte sonst gar nichts gesagt, ich meine, ich hätte so getan, als sei er ein ganz normaler Bewohner irgendeines Hauses, ich hätte ihn nie damit genervt, dass ich gesagt hätte, wow Kurt, und kann ich ein Autogramm haben oder sonst irgend so einen Schwachsinn, und ich hätte mir einfach nur angeschaut, wie er aussieht, und was für Klamotten er trägt und wie er reagiert, und ich bin sicher, es wäre absolut cool gewesen. Ich meine, ich hätte es nicht gebraucht, dass er mich auf einen Tee einlädt oder irgendwelche netten Floskeln sagt, es hätte mir gereicht, wenn er mir nur den Weg zum Telefon gezeigt hätte und dann gleich wieder verschwunden wäre, und ich hätte dann aber gewusst, wie er so ist, und wahrscheinlich hätte ich gespürt, dass er mich versteht, dass er hinter meiner Autopannengeschichte mein Elend sieht und ganz genau weiß, wie ich drauf bin, und vielleicht hätte ihn das sogar gefreut, weil er dann gewusst hätte, es gibt die Leute wirklich, für die er seine Songs macht und von denen er singt, es gibt Leute, denen es genauso dreckig, geht wie ihm, und ich hätte gewusst, dass er genauso ist, wie ich ihn mir immer vorgestellt habe, und es wär mir ein kleines bisschen besser gegangen, nur deswegen, aber in meinem wirklichen Leben bin ich sowieso allein, und ich sage meist nichts über mein Elend, und Klara redete, aber zum Glück war sie nicht immer auf Jammern drauf, sie konnte auch total verrückt sein, und wir hatten unsere Spielchen und abgefahrenen Dialoge, bei denen wir den größten Spaß der Welt hatten.

Eines meiner Lieblingsspiele war das Spiegelspiel. Auf dem Nachhauseweg von der Schule gab es ein Lokal, vor dessen Auslagenscheiben wir uns immer frisierten und schminkten. Wir taten einfach so, als wäre das unser Spiegel, aber in dem Spiegel saßen Leute, die glaubten, dass wir glaubten, dass das ein Spiegel wäre, und die lachten über uns, wie wir uns da frisierten und schminkten, und wir sahen sie natürlich, aber wir taten so, als sähen wir sie nicht und benahmen uns so, als stünden wir ganz alleine da vor unserem Spiegel, und in Wirklichkeit lachten *wir* die Leute aus, die glaubten, dass sie uns auslachten. Klara spielte dieses Spiel perfekt, ich meine, es war unglaublich, wie sie sich vor dem Pseudospiegel drehte und wendete, ihre Frisur zurechtzupfte, sich selbst ganz tief in die Augen sah und mit keiner Wimper zuckte, wenn die Leute hinter der Glasscheibe schon umkamen vor Lachen. Da warf sie sich dann noch mit unglaublicher Arroganz eine Haarsträhne aus dem Gesicht oder feuchtete sich die Augenbrauen an und zwinkerte sich selbst zu, bevor sie aus dem Bild ging, und an der nächsten Straßenecke mussten wir uns krümmen, weil wir vor Lachen nicht mehr atmen konnten und Bauchweh hatten.

Fischzüge

So war es mit Klara, und das ist nur eine von vielen Geschichten, die ich über uns erzählen könnte, klarerweise gab's auch genug schlimme, mit Geld zum Beispiel gab es immer Probleme. Sie gab das viele Geld genauso schnell aus wie ich das wenige, oder sogar noch schneller. Wir waren unterwegs, und sie wollte zum Beispiel ständig essen gehen, sie hatte immer so Lust auf Sushi oder Chinesisch, obwohl sie eigentlich Probleme mit der Figur hatte, aber da konnte sie sich einfach nicht zurückhalten oder wollte nicht, das hab ich auch verstanden, wozu hätte sie sich was verkneifen sollen, wir haben ja sonst auch immer alles gemacht, wonach uns war, aber wenn sie keine Kohle hatte und ich noch einen Rest, musste ich es ihr borgen, und meistens gab sie es mir nicht zurück. Wenn ich dann sagte, ich brauche es jetzt, sagte sie, sie würde es mir das nächste Mal geben, sie müsse jetzt unbedingt dieses Shirt haben oder diese Hose oder diesen Burger, und danach tat sie so, als hätte ich ihr nie was geborgt, oder sie sagte, sie brauche es mir nicht zurückgeben, weil sie mir so und so oft eine Cola gezahlt habe, das fand ich echt Scheiße, weil ich mir dann wieder was von meinen Eltern schnorren musste, und die verstehen beim Geld überhaupt keinen Spaß, die nehmen das so ernst, als hinge das Leben davon ab.

Mein Vater regt sich maßlos auf, wenn die Telefonrechnung kommt und ich mal ein bisschen mehr telefoniert habe, dann fuchtelt er mit diesem Papier unter meiner Nase herum und kriegt einen ganz roten Kopf vom

Schreien. Ich finde das extrem spießig, so was so ernst zu nehmen und sich deswegen aufzuregen. Wenn ich telefonieren will, dann telefoniere ich eben, das brauche ich einfach, damit ich mich besser fühle, und das, was ich vertelefoniere, ist für meinen Vater ja kein Geld, aber er ist überhaupt unglaublich kleinlich. Zum Beispiel regt er sich wahnsinnig wegen dem Boden in unserem neuen Haus auf, das Haus ist ganz aus Beton, und mit dem Beton stimmt irgendwas nicht, der Boden ist ständig sandig, und mein Vater dreht fast durch deswegen. Er sagt, das Haus habe ihn ein Vermögen gekostet, und jetzt sei es nicht perfekt, und ständig hat er Besprechungen wegen diesem Boden, dann kommen irgendwelche Leute in unser Haus und starren auf den Boden und stampfen mit den Füßen darauf herum und fahren mit den Händen darüber und reden und reden. Manchmal holt sich mein Vater einen von denen in sein Arbeitszimmer, und dann höre ich ihn brüllen, und irgendwann kommt dieser fremde Mensch wieder mit einem roten Kopf aus seinem Zimmer heraus, und am Abend jammert mein Vater herum, dass er Magenweh hat vor lauter Sorgen wegen diesem doofen Boden und diesem bisschen Sand darauf, das keinen normalen Menschen stört, und er redet ständig davon, wie viel dieses Haus gekostet hat, sinnlos.

Ich weiß nicht, wozu Geld gut sein soll, außer dafür, sich zu verwöhnen und Spaß zu haben. Wenn ich mir viel Geld vorstelle, sehe ich einen riesigen Haufen bunter Scheine und glitzernder Münzen wie bei Dagobert Duck. Das sind ganz sicher keine Euros, vielleicht ist es sogar nur Spielgeld wie beim Monopoly oder bei der Kinderpost, es ist auf alle Fälle hübsch anzusehen, und es könnte Spaß machen, wie Dagobert darin zu baden, aber welchen Sinn es haben soll, weiß ich nicht. Die Euros sind hässlich, und ich finde es blöd, wenn man diese Scheine ordentlich in die Geldbörse schlichtet, ich stopfe mir die immer in die Hosentasche, dort zerknittern sie und ich finde, das ist das Richtigste, was man damit machen kann.

Klar, ein bisschen Glück kann man sich mit Geld kaufen, aber eben nur ein bisschen, und dafür braucht man nicht einmal eigenes Geld. Wenn Klara und ich keines hatten und welches wollten, haben wir was geklaut. Wir hingen oft so auf der Straße rum, und es brauchte nur einen Blick zwischen ihr und mir, und wir wussten, es war wieder so weit. Am leichtesten ging es in den billigen Klamottenläden, dort wo die keine Bedienung bei den Kabinen haben. Wir häuften uns jede Menge Kleider über den Arm, und dann stellten wir uns zu den Kabinen und taten so, als würden wir uns gegenseitig zeigen, was wir uns ausgesucht hatten. Meistens sind diese Kabinen nur mit Vorhängen verschlossen, und die sind so kurz, dass man den Innenraum genau abchecken kann. Man sieht sofort, wo eine Tasche am Boden steht, und man sieht auch, ob sich jemand gerade die Hose oder den Rock ausgezogen hat und was Neues anprobiert. Wenn die Leute sich ein neues Stück überziehen und dann prüfen, ob es ihnen steht, denken sie an nichts außer an das Teil, das sie gerade anhaben und wie sie damit aussehen und ob sie es sich leisten sollen.

Ich meine, die Sachen, die sie in diesen Läden verkaufen, sind oft nicht mein Geschmack, meistens ist es Tussikitsch, aber die Läden sind beliebt, voll mit Menschen, die beim Anprobieren ganz sicher nicht an ihre Tasche denken, die da am Boden herumsteht und in der mit größter Wahrscheinlichkeit eine Geldbörse drin ist, die uns interessierte. Klara und ich hatten auch einen Blick für die

Taschen, die ganz leicht aufgehen oder sogar offen stehen, und wenn wir eine entdeckt hatten, gingen wir nach einem fixen Schema vor. Klara machte mit ihrem Kleiderhaufen eine Deckung für mich, ich bückte mich, griff mit der Hand in die Tasche und zog die Geldbörse heraus, während Klara die Umgebung checkte. Wir hatten absolute Routine darin, es ging ganz schnell, dann steckte ich die Geldbörse unter meinen Kleiderhaufen und ging in eine freie Kabine. Ich holte das Bargeld raus, steckte die Brieftasche wieder unter die Kleider, ging damit zu den Regalen, wo ich sie geholt hatte, legte die Geldbörse zwischen den Kleidern hinein, und wir gingen aus dem Geschäft.

Diese Diebszüge waren Glanzstücke von Klara und mir, wir waren ein perfektes Team, es machte Spaß, wir hatten unseren Kick dabei, Adrenalin pur, aber Angst hatten wir nie. Wir haben das viele Male gemacht, und ich schwöre, nie hat jemand auch nur irgendetwas bemerkt. Ein einziges Mal kam eines unserer Opfer schon beim Verlassen der Kabine drauf, dass die Geldbörse weg war, wir waren noch im Geschäft und hörten, wie die Frau mit einer Verkäuferin sprach und fragte, ob jemand etwas gesehen hätte. Das war brenzlig, und damals hatte ich sogar eine Spur von schlechtem Gewissen, weil die Frau so blass wurde, aber sonst hatte ich nie das Gefühl, etwas wirklich Böses zu tun. Ich meine, wir nahmen nie Kreditkarten, das interessierte uns nicht, und wir wollten ja auch, dass die Geldbörsen wieder gefunden werden und die Leute ihre Ausweise und das alles zurückbekommen. Wir nahmen ihnen einfach ein bisschen Bargeld ab, ein Verlust, den sie leicht verschmerzen konnten, und wir bekamen das, was uns fehlte. Meistens war auch gar nicht viel drin in den Börsen, die Leute zahlen ja fast alles mit ihren Karten, aber das war uns egal, wenn wir uns Cola und Burger damit kaufen konnten, waren wir genauso zufrieden wie wenn ein Hunderter dabei herausschaute.

Mit dem geklauten Geld wollte Klara groß essen gehen, oder wir kauften uns Luxus-Zigaretten, schlenderten durch Geschäfte und suchten uns in einem wirklich coolen Laden ein Kleidungsstück aus. Meistens gaben wir das ganze Geld, das wir erbeutet hatten, am selben Tag aus, wir konnten ja jederzeit wieder auf Diebeszug gehen, wenn uns danach war, nur manchmal hoben wir etwas auf, aber dieses Geld war am nächsten Tag schon nicht mehr interessant.

Hakennase

Mit den Kleidern, die wir uns kauften, gab es allerdings manchmal ein Problem, das heißt, ich hatte keines damit, aber Klara. Sie konnte es einfach nicht ertragen, wenn ich besser aussah als sie, und das war bei den meisten Outfits der Fall. Mein Körper ist besser als ihrer, ich habe so ungefähr das, worauf die Jungs abfahren, und Klara hat einfach zu viel Gewicht, ich meine, es sieht nicht schlecht aus, irgendwie nach Babyspeck und süß, aber sie kann ihren Speck nicht leiden, und es war auch so, dass ich den Typen besser gefiel als sie. Sie hat das immer auf die Kleidung geschoben, und wenn wir zusammen ausgehen wollten, gab es zuvor oft echte Dramen am Telefon, bei denen es darum ging, wer was anziehen wollte, sollte oder durfte.

Es nervte mich schon deshalb, weil sie stundenlang darüber reden konnte, in welches Outfit sie sich werfen sollte, was womit kombiniert werden müsste und welches Make-up dazu passte, da kannte sie in den Details keine Grenzen, und das erzählte sie mir auch, wenn wir gar nicht gemeinsam ausgingen, sondern es nur darum ging, was sie in die Schule anziehen würde, am Montag, am Dienstag, am Mittwoch und so weiter. Ich meine, für die Schule mache ich mir da nicht den geringsten Kopf, die Typen dort sind so uninteressant, dass man sich für sie wirklich nicht anstrengen oder Gedanken machen muss, aber Klara tut das, für sie ist es irgendwie lebenswichtig. Ich hörte mir das dann immer an, um sie nicht zu beleidigen oder aufzuregen, ich musste sowieso meistens nur Ja sagen und ab und zu die Wahl zwischen diesem oder jenem Kleidungsstück treffen, wobei es meistens egal war, was ich sagte, weil sie sich sowieso so entschied, wie sie es für richtig hielt. Ich hörte mir das also an und blätterte währenddessen in einer Zeitschrift oder aß etwas, und sie hielt ihre Selbstgespräche, für die sie eine Zuhörerin brauchte, bloß wenn wir vorhatten, gemeinsam auszugehen, nahm sie ernst, was ich sagte, und vor allem bestimmte sie dann haarklein, was ich anziehen sollte. Jedenfalls nie die Teile, mit denen ich wirklich scharf aussah, und nie die coolen Stücke, die wir uns zuletzt vom geklauten Geld gekauft hatten, das trug immer sie. Sie hätte am liebsten gehabt, ich wäre in Sack und Asche gegangen, ungeschminkt dazu.

Anfangs habe ich mich dagegen gewehrt, ich wollte das anziehen, wonach mir war, aber Klara konnte unerbittlich sein, und sie kämpfte mit allen Mitteln, heulte und spielte die Verzweifelte und jammerte mir vor, dass niemand sie auch nur ansehen würde, wenn ich die tollen Teile trug, sie sagte, ich sehe sowieso besser aus als sie und müsse die schlechteren Sachen tragen, wenn mir auch nur etwas an ihr liege, sie setzte mich echt unter Druck, und ich hielt das nie lange aus, und irgendwie war es mir dann auch nicht wichtig, was ich trug, aber Klara war mir wichtig, und wenn sie es so wollte, dann machte ich es eben so. Scheißallein war ich auf dieser Welt sowieso, aber ich wollte wenigstens jemanden haben, mit dem ich Spaß haben konnte, und mit Klara konnte ich all die verrückten Dinge tun, nach denen mir war, und darum wollte ich sie nicht verlieren. Also gewöhnte ich mir an, ihre Vorschläge für meine Kleidung an einem besonderen Tag ohne viel Hin und Her anzunehmen, das Problem war nur, dass die Typen trotzdem lieber mich ansprachen, mir ein Getränk zahlen oder mit mir wohin gehen wollten. Klara tat dann so, als wäre es ihr egal, aber kurz darauf begann sie, die Jungs, die mich angemacht hatten, auseinanderzunehmen, und das hatte sie drauf wie niemand anderer, den ich kenne.

Sie sprach über diese Leute, als hätte sie ihr Innerstes durchleuchtet, dabei hatte sie sie gerade eben kennengelernt, aber ich war sicher, sie lag bei den meisten richtig, auch wenn ihrer Ansicht nach alle falsch, verlogen, feig oder unwürdig waren, aber so ist die Welt eben und so sind die Menschen, ich sehe das genauso. Klara konnte mir den Charakter all dieser Typen aufs haarkleinste beschreiben, sie erklärte mir, warum sie schlecht für mich waren, wie sie in bestimmten Situationen reagieren und wie elend sie mich behandeln würden, ließe ich mich mit ihnen ein. Sie sagte, sie sehen nur deine Titten und deinen Arsch, und was du denkst und wer du bist, ist ihnen vollkommen egal, sie wollen ficken, und das möglichst sofort, und überhaupt mit einer wie dir, die noch nie gefickt hat. Es gab aber auch welche, von denen sie sagte, sie würden mich bald abgrundtief lieben und mir in dieser Liebe unerträglich werden, und dass ich sie nicht loswerden würde, und sie sich vielleicht meinetwegen etwas antun würden, womit ich wiederum in ärgste Konflikte geraten würde und so weiter, und sie fragte mich: Hast du nicht gesehen, mit was für einem irren Blick er dich angestarrt hat, und hast du nicht bemerkt, dass er keine Freunde hat, und hast du nicht gecheckt, dass er ein krankes Muttersöhnchen ist, das seine Mama brav anruft und sagt, wann er heimkommt. Das alles sagte sie, und sie sagte es auf eine Art, die mich jedes Wort glauben ließ, obwohl ich wusste, dass sie in Wahrheit nur wollte, dass ich die Jungs genauso schlecht fand wie sie und sie nicht mehr traf.

Das war zum Beispiel echt krass mit dem Typen, von dem ich mich entjungfern hatte lassen. Ich hatte gefunden, dass es echt irgendwie an der Zeit war, das hinter mich zu bringen, und ich suchte schon die längste Zeit nach irgendeinem Kerl, der mir halbwegs gefiel und nicht allzu bescheuert war, damit ich das checken konnte, und dann kam diese Party, zu der uns einer, den wir auf der Straße kennengelernt hatten, einlud. Klara machte zuvor wieder einen Affenzirkus um das Outfit, mit dem wir dort auftreten würden, ich schwöre, es waren zwei Stunden, in denen sie ein Stück nach dem anderen anprobierte und nie zufrieden war, und dann standen wir beide eine dreiviertel Stunde im Bad und knallten uns Foundation, Wimperntusche, Eyeliner, Lidschatten, Rouge und Nagellack drauf, bis wir wie die Nutten aussahen, und Klara wollte nicht, dass ich das blauschwarze, schillernde Trägertop anzog, im dem ich echt scharf rüberkam, sie sagte zuerst, es sei zu klein und ich sähe darin echt nicht gut aus, dann meinte sie, es wäre zu nobel für eine solche Fete und es wäre peinlich, so stylish zu kommen, und sie zog eine echte Scheißlaune auf, als ich nicht reagierte, und dann dachte ich, mir ist lieber, sie ist gut drauf und ich kann Spaß mit ihr haben, und ich dachte auch, ich will hier wegkommen, bevor die Party zu Ende ist, darum legte ich das Ding weg und zog mir das labbrige schwarze Kapuzenshirt über, und damit war die Sache erledigt und Klara wieder bester Laune und wir konnten gehen.

Unterwegs lernten wir ein paar Typen kennen, die boten uns einen Joint an, und wir rauchten, und dann hatte ich plötzlich das Gefühl, ich hätte ein brennendes Loch mitten auf meiner Stirn, das zog sich die ganze Zeit so komisch zusammen, und Klara sagte, es sei irre und absolut unglaublich, aber genau diese Empfindung habe sie auch, und dann begannen wir mit unseren Stirnlöchern zu reden, ich mit dem von Klara und sie mit meinem, und es war irgendwie unheimlich und zugleich wahnsinnig lustig, und Klara sagte, es gebe niemanden anderen auf der Welt, nur mich, mit der sie solche abgefahrenen Dinge machen konnte, und dass das Wahnsinn sei und ich ihr schwören sollte, dass wir immer und immer und ewig die besten Freundinnen sein würden, und ich schwor es ihrem Stirnloch, und dann kicherten wir uns weg, und in dieser Stimmung kamen wir auf der Party an.

Dort war schon alles ein einziges Gelage, die Leute lagen und hingen vollkommen besoffen herum, in der Luft hing der Geruch von Kotze, und die Fete war eine einzige Anmache. Pärchen, die sich zuvor garantiert nicht gekannt hatten, standen knutschend in den Zimmerecken herum oder lagen auf Couchen und in Fauteuils, die Typen fingerten an den Mädchen herum, denen die Shirts verrutscht waren, und bei manchen sah man die Titten, und wenn sie sich genug angemacht hatten, zogen sie ab in eines der vielen Zimmer, die dieses riesige Haus hatte, die ganze Atmosphäre war Sex und Geilheit, und ich wusste, dass das *die* Gelegenheit für mein Vorhaben war. Klara tat zuerst schockiert, aber dann holte sie sich einen Whisky aus der Hausbar und stellte sich absolut tussimäßig ihre Haare schüttelnd an ein Fenster und wartete darauf, dass sie einer anquatschte, was auch in der nächsten Sekunde geschah, und ich checkte die Typen ab, die für mich in Frage kamen.

In einer Ecke saßen ein paar Leute auf dem Boden und spielten ein Trinkspiel, einer von ihnen gefiel mir ganz gut, er hatte dunkles, halblanges Haar, eine geile Hakennase und trug so eine Art mittelalterliches, weißes

Rüschenhemd, das ich ziemlich abgefahren fand. Ich schnappte mir ein Glas aus der Hausbar und setzte mich einfach neben den Typen mit der Hakennase, der grinste mich ziemlich dreckig an, die anderen machten mir Platz, und ich war schon im Spiel. Das Spiel selbst interessierte mich überhaupt nicht, die anderen auch nicht, ich wollte nur möglichst schnell betrunken werden und mir den dunkelhaarigen Typen aufreißen, deshalb machte ich jedes Mal, wenn ich dran war und diesen bescheuerten Spruch vom Käpten Böff, der zum ersten, zweiten, dritten Mal und so weiter trinkt, aufsagen und dazu ebenso oft auf den Boden klopfen, mit den Fingern schnippen und mit dem Kopf nicken musste, absichtlich einen Fehler, weshalb ich dann ein volles Glas Tequila auf einen Zug austrinken musste. Wir spielten das Spiel ziemlich schnell, alle waren daran interessiert, möglichst schnell möglichst besoffen zu werden, und was mich betrifft, gelang es mir in einer knappen halben Stunde, völlig weich zu werden, und ich hatte keine Probleme mehr, immer näher an Hakennase heranzurücken und aufs Heftigste mit ihm zu flirten. Er hatte nichts dagegen, legte bald seinen Arm um meine Hüften und begann meinen Hals abzuknutschen. Das tat er ziemlich gekonnt, sein heißer feuchter Atem auf meiner Haut machte mich geil, und plötzlich hatte ich es ziemlich eilig, und ich stand auf und zog ihn hoch, und es war klar, was wir jetzt machen würden.

Jetzt klopfte mir doch ein bisschen das Herz, aber ich machte auf cool, und wir begaben uns auf die Suche nach einem freien Zimmer. Aus den Augenwinkeln sah ich, dass Klara mich scharf beobachtete, aber ich verschwendete keinen weiteren Gedanken an sie, sondern folgte meinem Typen durch das Haus, aber die Zimmer waren alle belegt, und manche, die darin fickten, zischten uns einen Fluch entgegen oder schrien, dass wir uns verziehen sollten, und so blieb uns nichts anderes übrig als in den Keller abzuwandern.

Wir waren sicher eine Viertelstunde auf dem Weg durch das Haus gewesen, und in der ganzen Zeit hatten wir kein einziges Wort miteinander gesprochen, ich wusste nicht einmal, wie Hakennase hieß, aber es war mir egal, ich wollte mit ihm nur etwas erledigen, und das einzige, was mir Sorgen machte, war die Frage, ob er ein Kondom dabei hatte, denn ich hatte meine vergessen. Ich fragte mich nicht, ob das ganze schön oder schrecklich werden würde, auch das war mir eigentlich egal, natürlich hatte ich ein bisschen Angst, dass es wehtun würde, aber die vielen Tequilas, die ich hinuntergestürzt hatte, ertränkten diese Angst in dem wattigen Scheißdraufgefühl, in dem ich schwamm.

Der Keller war nicht ausgebaut, der Boden war erdig, es muffelte, und wir fanden nichts Besseres als eine Nische, in der eine große Kiste stand, und auf die legte mich Hakennase und begann an mir herumzufingern. Er machte keine langen Geschichten, sondern ging mir gleich an die Titten und an den Reißverschluss meiner Hose, schob mir die Zunge in den Mund, zog mir das Höschen runter und begann ziemlich laut zu stöhnen. Die Holzkiste drückte in mein Kreuz, Hakennase lag schwer auf mir und fingerte jetzt an meiner Möse herum. Auf einmal war ich wieder stocknüchtern und so was von ungeil, der Typ auf mir streichelte mich total ungeschickt und fragte ständig, ob es mir gefiele. Scheiße, es gefiel mir überhaupt nicht, mein Kreuz tat weh, und ich wünschte, er würde weitermachen, aber ich sagte, ja, es gefällt mir, und dann schob ich seine Hand weg, öffnete den Reißverschluss seiner Hose und holte seinen Schwanz raus, der mir riesengroß vorkam, und ich dachte, mein Gott, wie soll das Ding in mich reingehen, und dann fiel mir das Kondom ein, aber irgendwie hatte ich nicht die Kraft, das jetzt zu fragen, und ich dachte, scheißdrauf, es wird nichts passieren, und Hakennase legte los.

Immerhin spuckte er sich zuerst in die Hand und rieb die Spucke in meine staubtrockene Möse, und dann versuchte er, seinen Schwanz reinzuschieben, aber das ging irgendwie überhaupt nicht, es kam mir vor, als bliebe er ganz vorne stecken und käme nicht weiter, und ich glaube, so war es auch. Der Typ stöhnte immer lauter, mein Gesicht brannte, und ich versuchte alles, um das geil zu finden, aber es war nur peinlich und unwürdig, doch es musste sein und darum konzentrierte ich mich total darauf, dass ich mich ein bisschen entspannte, und irgendwie schaffte ich es, und der Schwanz von Hakennase kam endlich weiter, und plötzlich spürte ich einen irren Schmerz, ein Feuer in meiner Mitte, wie Stahl, der mich durchbohrte, ich glaube, in meinem ganzen Leben hatte ich noch nie so großen Schmerz empfunden, aber ich biss die Zähne zusammen und jammerte nur ganz leise. Hakennase bekam das sowieso nicht mit, er war jetzt voll in Fahrt und schob sein Ding in mich rein und raus und rein und raus und rein und raus, und mein Kopf stieß immer wieder gegen die schimmelige Mauer, und die Holzlatten der Kiste drückten sich in mein Kreuz, und mir fiel wieder Klara ein, und ich überlegte, wie es bei ihr sein würde, und ich stellte mir vor, wie wir beide meine Entjungferung feiern würden, und ich hoffte, dass Hakennase bald zu seinem saftigen Ende kommen würde, und endlich tat er das auch.

Wenigstens zog er sein Ding vorher noch aus mir raus, aber sein Saft tropfte dann schleimig auf meine Oberschenkel, und ich ekelte mich wahnsinnig, holte schnell ein Taschentuch aus meiner Hose und wischte sein Zeug von mir ab, und dann zupfte ich meine Kleidung zurecht, und Hakennase zog den Reißverschluss seiner Hose hoch, und er sah mich an und sagte, es sei echt geil gewesen, und er strich mir mit der Hand ganz zart über die Wange und fragte leise, wie ich heiße und ob wir uns wiedersehen, und ich sagte, mal sehen, und dann wollte ich nichts wie weg und stolperte die Stiegen hinauf ins Erdgeschoß und machte mich auf die Suche nach Klara. Die stand noch immer mit dem Typen von vorhin am Fenster und schleuderte ständig ihre Haare von der einen Seite zur anderen und kicherte ganz blöd und hoch, und ich holte mir was zu trinken und stellte mich dazu und fragte mich, ob man es mir ansah.

Klara tat so, als wäre ich gar nicht da, und ich stand da blöd neben den beiden und trank mein Bier aus der Flasche, und alles war irgendwie wie immer, und ich war enttäuscht, dass das alles gewesen war, und dann sah ich Hakennase ins Zimmer kommen, er streifte mich mit einem Blick und dann zwinkerte er mir zu, und ich dachte: Du Idiot, bilde dir ja nichts ein, und er schien mir überhaupt nicht mehr so gutaussehend wie zuvor, und auch das mittelalterliche Rüschenhemd fand ich jetzt ziemlich bescheuert, und ich wartete eigentlich nur darauf, dass Klara aufhören würde, mit dem Hässlichen herumzumachen, damit wir gehen könnten, aber darauf wartete ich noch eine ganze Weile. Genau so lange nämlich, bis Klara so besoffen war, dass sie nicht mehr gerade stehen konnte und ihr so schlecht war, dass sie nur mehr heimwollte, und dann gingen wir, und sie wankte an meiner Seite durch die dunklen Straßen und lallte irgendwas vor sich hin, aber plötzlich wurde ihr Gang wieder ganz straight und ihre Stimme schneidend.

Hast du's gemacht, fragte sie mit Oberlehrertonfall, und ich sagte Ja und sonst nichts, und dann ging es los. Ausgerechnet mit diesem drittklassigen Möchtegerncasanova, etwas Peinlicheres hättest du dir gar nicht einfallen lassen können, hast du nicht gesehen, dass der ein richtiger Schwitzer war, der hatte riesige Schweißflecken unter den Armen, und wahrscheinlich waren seine Hände so nass, dass er an deinen Titten abgerutscht ist, die anderen, mit denen ihr getrunken habt, haben sich totgelacht, als ihr abgezogen seid, die haben garantiert alle gewusst, was jetzt los ist, und sowieso hat jeder dir angesehen, dass du noch Jungfrau bist und es dir jetzt von diesem Pseudo-Fantasytypen besorgen lässt, wie war's denn, keifte sie, und tatsächlich schaffte sie es damit, dass ich mich noch schlechter fühlte, als ich mich schon zuvor gefühlt hatte, aber ich wusste auch, dass sie einfach eifersüchtig war, und das machte mich wütend, und ich sagte, dass Hakennase es tierisch gut drauf hatte. Tierisch im wahrsten Sinne des Wortes, sagte ich, und dass es supergeil gewesen sei, und ich nur hoffte, dass sie mit ihrem ersten Typen ebenso viel Glück haben würde wie ich, und sie sagte, sie hoffe nur, dass ich nicht die Absicht habe, diesen fertigen Typen wiederzusehen, sie finde, das sei der peinlichste Macker, den ich je angeschleppt habe, und mir ihr könne ich nicht rechnen für ein Alibi vor den Eltern, wenn ich es mit dem wieder machen wollte, und ich versuchte, ihr nicht mehr zuzuhören, und konzentrierte mich auf meine Schritte, hörte dem Klang meiner Absätze nach und versuchte, auf keine Rille im Katzenkopfpflaster zu treten, und dann waren wir irgendwann doch bei ihr zu Hause und mussten leise sein, weil die anderen schon schliefen, und ich musste unbedingt noch unter die Dusche, und als ich in Klaras Zimmer kam, pennte sie schon längst, und ich blieb allein mit meiner Erinnerung an diesen Stoß, der mir das Innerste aufgerissen hatte.

Als ich am nächsten Tag aufwachte, brannte vor meinem Gesicht eine Kerze, die steckte in einem riesigen, geilen Kuchen, der war für mich, und Klara gratulierte mir zu meiner Entjungferung und umarmte mich und legte *Come as you are* von *Nirvana* auf, und sie sagte, über den Typen wolle sie nicht reden, aber sie sei stolz auf mich, und dann fragte sie mich ganz genau darüber aus, wie es denn wirklich gewesen sei, und ich sagte es ihr alles genauso, wie es gewesen war, und dann gingen wir in die Stadt zu dem Brunnen, bei dem wir immer so gern saßen, und beobachteten die Leute und checkten ab, wer wohl noch Jungfrau war und wer sicher nicht, und wir stellten uns vor, auf welche Art sie es das erste Mal gemacht haben könnten, und als ein paar Typen zum Brunnen kamen und uns anmachen wollten , verarschten Klara und ich sie nach allen Regeln der Kunst. Später wollte Klara Sushi essen gehen, sie hatte noch Geld von ihrem letzten Einkauf für die Familie, damit gingen sich ein großes Set und zwei Cola aus, und wir gingen zu diesem Japaner im fünften Stock eines Kaufhauses und sahen von der Terrasse auf die Stadt und die Straße hinunter. Die Sonne schien und ihre Strahlen fielen in die getönten Fensterscheiben des gegenüberliegenden Hauses und zeichneten goldene Reflexe darauf, und mein Körper fühlte sich angenehm schwach an, und meine Möse klopfte ein bisschen, und ich war ziemlich zufrieden mit mir, dem vergangenen Abend und der Action mit Hakennase, auch wenn Klara mir den Typen noch madiger gemacht hatte als ich mir selbst.

Notenelegie

Was die Schule betraf, verstanden meine Eltern nicht im Geringsten, wie unerträglich es dort für mich war, und wenn ich Klara nicht gehabt hätte, ich weiß nicht, was ich getan hätte.

Der Montag nach der Action mit Hakennase war wieder so ein Beispiel dafür, dass kein normaler Mensch diesen Wahnsinn aushalten kann. Es begann schon damit, dass der Wecker mich um sieben aus dem tiefsten Schlaf riss, ich dachte, das gibt es nicht, es muss Mitternacht sein, und ich war so unglaublich müde, und mein Körper schmerzte, und es war das Allerschrecklichste, aufstehen zu müssen, und ich konnte es nicht, und jedes Mal, wenn ich fast so weit war, ließ irgendetwas anderes in mir das nicht zu, und ich wälzte mich immer wieder auf die andere Seite, und währenddessen bewegten sich die Ziffern des Weckers unerbittlich auf sieben Uhr fünfzehn zu, und ich wusste, wenn ich jetzt nicht rausspringe und schnell mache, komme ich wieder zu spät, und ich war letzte Woche schon zweimal zu spät gekommen, und wenn ich heute wieder zu spät käme, müsste ich morgen eine Stunde früher in der Schule sein und den Hausmeistern bei irgendwelchen sinnlosen Tätigkeiten helfen, und das wollte ich auf gar keinen Fall, also schleuderte ich um sieben Uhr siebzehn die Decke von mir. Jetzt war das Elend noch größer, ich fror und klapperte mit den Zähnen und musste mich in irgendwelche Kleidung zwängen, und meine Augen blieben einfach nicht offen, auch dann nicht, als ich mir im Badezimmer literweise kaltes Wasser ins Gesicht warf und mir anschließend in der Küche einen Espresso runterdrückte. Den trank ich im Stehen und dann musste ich los, und auf der Straße kamen mir die Zombies entgegen, und in der U-Bahn war es noch schlimmer, denn da sammelten sich die Zombies im Pulk und pressten ihre grausigen Körper an meinen Körper und stierten mit toten Augen vor sich hin oder, was noch schlimmer war, starrten mich an und bohrten mir ihre Blicke ins Gesicht und überall hin, und wenn ich eine Bombe gehabt hätte, hätte ich sie jetzt geworfen. Beim Aussteigen aus der U-Bahn pressten die Zombies sich noch mal penetrant gegen mich, bis ich mich endlich befreien konnte, und dann hatte ich gerade noch vier Minuten Zeit, auf dem Weg zur Schule eine zu rauchen.

Ich meine, wenn man das jeden Morgen durchmacht, ist man eigentlich schon fertig für den ganzen Tag, aber wenn man in die Schule gehen muss, kommt es dann noch dicker, und an diesem Tag kam es ganz dick. Klara saß schon auf ihrem Platz, und sie schien einen ähnlichen Morgen hinter sich zu haben wie ich, auf jeden Fall sagte sie kein Wort, sie sah kaum hoch, als ich kam, und starrte nur wie völlig bekifft auf die Tischplatte vor ihr, und dann kam der Mathelehrer rein und hatte die Schularbeiten von letzter Woche unter dem Arm. Dieser Zbornik ist ein totaler Sadist, und er spuckt beim Reden und stinkt nach wochenlang nicht gewaschener Kleidung, und die Haare trägt er halblang fettig hinters Ohr gestrichen, und wenn er was Wichtiges erklärt, redet er immer ganz leise, sodass man ihn kaum verstehen kann, und hat es dann nicht mitgekriegt, und am nächsten Tag zückt er dann sein kleines, rotes Notizbuch und macht eine Stundenwiederholung und man kann sich unter Garantie sein Minus abholen, und das Allerliebste ist ihm sowieso das Schularbeiten-Austeilen, das zelebriert er immer die ganze Stunde lang.

Da kam er jetzt mit seinem stinkenden karierten Flanellhemd und der widerwärtigsten kackbraunen Anzugshose, die man sich vorstellen kann, und grinste gemein und legte die großen, hellblauen Schularbeitshefte auf den Katheder und wartete, bis alles still wurde, erst dann setzte er sich und zog seine Füllfeder mit roter Tinte aus der Hemdbrusttasche. Er sagte nicht, wie die Schularbeit allgemein ausgefallen war, das tat er nie, er war geil auf die Spannung und die Angst, die sich aufbaute, wenn er das verschwieg, und dann nahm er das erste Heft vom Stapel, schlug es auf und rief Kathi heraus. Sie musste sich neben ihn stellen, und dann ging er ihre Arbeit durch, sah sie noch kurz ganz scharf an und schrieb ihr ein »Sehr gut« ins Heft. Zbornik machte es immer so, dass er als Erstes die »Sehr gut«, als Nächstes die »Gut« und ganz am Schluss die »Nicht genügend« austeilte, aber er schrieb die Note erst darunter, wenn man neben ihm stand, und manchmal überlegte er es sich einfach anders, und auf einmal bekam man doch kein »Gut«, sondern ein »Befriedigend«, und am meisten Spaß machte ihm das natürlich bei denen, die zwischen Vier und Fünf, also zwischen gerade noch Durchkommen und Durchfallen standen.

Was mich betraf, brauchte ich an diesem Tag unbedingt einen Vierer, denn die beiden letzten Schularbeiten hatte ich auf Vier und Fünf geschrieben, aber so wie es aussah, war Zbornik heute besonders fies unterwegs, und außerdem konnte er mich sowieso überhaupt nicht leiden, warum weiß ich eigentlich nicht, denn ich war nicht viel anders als die anderen, und ich machte in seinen Stunden auch keinen besonderen Blödsinn, weil ich Angst vor seinem Sadismus hatte, und in Mathe war ich so schlecht, dass er mich jederzeit komplett auflaufen lassen konnte, wenn er wollte. Es kam aber, wie es kommen musste, fünf Minuten vor Ende der Stunde rief er mich heraus, ich zwängte mich aus der Bank und ging zum Katheder, und dann starrte ich auf das rote Meer in meinem Heft, ohne wirklich mitzubekommen, was lief, und roch den miefigen Gestank, der von Zbornik ausging, und er sagte, ich solle ihn anschauen, und dann sagte er, die Arbeit sei nicht so schlecht wie die letzte, und er klopfte mit seiner Füllfeder auf den Katheder und grinste in sich hinein, und ich war schon fast sicher, dass er mir jetzt den Vierer hinschreiben würde, und dann sah er mir plötzlich ins Gesicht und fragte, ob er mir einen Vierer oder einen Fünfer geben sollte, und dann zog er die Hülle von seiner Füllfeder und sagte, er gebe mir einen Fünfer, und dann schrieb er das »Nicht genügend« mit Schwung und Freude in großen Buchstaben in mein Heft und gab es mir, und dann konnte ich abziehen.

Schon während ich zu meinem Platz ging, begann es in meinem Bauch zu flattern, und irgendwie verschwand die Helligkeit des schneeigen Wintertages aus dem Zimmer und es wurde düster und klamm um mich herum, und dann setzte ich mich und legte das Scheißschularbeitenheft vor mir auf den Tisch, und Klara strich mir über den Arm, aber das half mir überhaupt nicht weiter, ich hatte einfach eine Scheißangst, und der Fünfer im Heft besiegelte mein Schicksal der Semesterprüfung, und ich wusste, dass ich Mathe nicht kapierte und dass ich jetzt elend viel lernen musste und die Prüfung trotzdem nie schaffen würde, wenn Zbornik nicht wollte, dass ich sie schaffte, und dann dachte ich an die nächsten Schularbeiten und an die Jahresprüfung, die mir sicher auch bevorstand, und in meinem Bauch begann es noch unangenehmer zu flattern, und ich sah förmlich vor mir, wie Zbornik mich prüfen würde und wie ich durchfiel, und dann hätte ich eine

Nachprüfung, die ich unter Garantie auch nicht schaffen würde, wenn Zbornik sie abnahm, und ich konnte mir schon ganz genau vorstellen, mit welchem süffisanten Grinsen er mir das negative Ergebnis dieser Prüfung sagen würde, und welchen Spaß es ihm machen würde, wieder jemanden sausen zu lassen und dazu noch gerade mich, die er sowieso nicht leiden konnte, und selbst wenn mir das alles grundsätzlich egal war, war es mir überhaupt nicht egal, weil ich dadurch Klara verlieren würde, denn Klara war ziemlich gut in der Schule, sogar bei Zbornik, auch diesmal hatte sie wieder ein »Gut« geschafft, und Klara würde weiter in diese Klasse gehen und irgendwann mal Matura machen und ich nicht. Ich meine, es ging mir nicht um die Matura, die war mir ziemlich egal, aber ich würde nicht mehr jeden Tag neben ihr sitzen und nicht mehr die Kugelschreiberzeichnungen auf ihren Händen studieren können, und ich müsste mich in einer neuen Klasse mit neuen Scheißkindern, die noch dazu jünger wären als ich, herumschlagen, und ich würde noch tausend Mal einsamer und unglücklicher sein als jetzt. Alle diese Gedanken rauschten mir mit Affengeschwindigkeit durch den Kopf, und mein Bauch flatterte, und rund um mich herum war es ganz düster, und in meinen Ohren sauste es, und ich bekam nicht einmal mit, wie Zbornik die anderen Fünfer austeilte, aber das war mir sowieso egal, ich sah nur mich und mein Elend, und dann bekam ich wieder eine Scheißwut auf Zbornik, ich meine, er war so letztklassig gemein und hinterhältig, ich glaube, er hasste Kinder ganz allgemein, und es machte ihm einfach Spaß, uns niederzuknüppeln.

Manche sagten, dass er eigentlich ein großer Computerwissenschaftler hätte werden wollen, aber dafür hatte es anscheinend nicht gereicht, und jetzt machte er eben in der Schule alles, was mit EDV zu tun hatte, und manchmal im Unterricht merkte man, dass er irgendwie besessen war, wenn er von großen Mathematikern redete, dann fetzte er plötzlich einen dieser Namen in Riesenbuchstaben auf die Tafel, stellte sich davor und redete sich über den Typen in Rage, und wenn man sich die Mühe machte, dem zuzuhören, verstand man sowieso kein Wort davon, aber alles in allem ist das natürlich lächerlich peinlich, wenn man eigentlich ein großer Wissenschaftler sein will, und wahrscheinlich war er elend frustriert, und diesen ganzen Frust ließ er dann an den Schülern aus. Er verlangte zum Beispiel, dass wir alle ein Schmierheft hatten, so nannte er das, und das musste man vorne auch drauf schreiben, und das war etwas anderes als das Schulaufgaben- oder Hausaufgabenheft, denn dort musste man absolut feinsäuberlich reinschreiben, und das Schmierheft mussten wir manchmal rausholen, wenn er gerade etwas neu erklärt hatte, und dann diktierte er uns Übungen da hinein, und wir mussten sie lösen, und währenddessen ging er in der Klasse herum, von Tisch zu Tisch, und schaute uns dabei zu, und wenn jemand es nicht konnte, brüllte er ihn plötzlich an: Das darf ja nicht wahr sein, schau mir ins Gesicht, dass ich weiß, wer solchen Schwachsinn macht, und er sagte natürlich nicht, wo der Fehler war, sondern wanderte weiter von Tisch zu Tisch und ließ immer wieder seine Brüller los, und dann schrieb er sich die Leute, denen er nicht mal gesagt hatte, was sie falsch gemacht hatten, ins rote Notizbuch.

Zbornik machte mir echt Bauchweh, auch wenn mir die Schule sonst egal war und ich kein ängstlicher Typ bin, aber er brachte meine Nerven zum Flattern. Manche in der Klasse sagten, er sei gar nicht so schlimm, und wenn er bei einem Wandertag oder einer Exkursion mitging, sei er sogar besonders nett, und als Klassenvorstand sei er überhaupt klasse, weil er sich nicht um die Entschuldigungen für Fehlstunden kümmerte, und er sei ein armes Schwein, aber ich fand Zbornik ganz, ganz schlimm. Meiner Meinung nach war er ein echter Sadist, und wenn es nach mir ginge, dürften solche Leute nicht mit Kindern arbeiten, nein, mit überhaupt keinen anderen Menschen arbeiten, von mir aus dürfte er nur in einem kleinen Kämmerchen sitzen und seine blöden Rechnungen machen, und die Ergebnisse könnte er dann per E-Mail seinem Chef schicken, und dann müsste er nach Hause gehen in seine Wohnung, wo er sowieso wieder allein ist, weil kein Mensch mit einem Menschen wie Zbornik näher etwas zu tun haben will oder kann, so sah ich das, denn für mich war Zbornik ein echter Sargnagel, und das war mir an diesem Tag wieder mal ganz klar geworden.

Der Rest des Schultages ging absolut öde dahin, die Stunden zogen sich wie Kaugummi, ich bemalte zwei große Blätter mit Symbolen, immer wieder fuhr mir der Gedanke an den Fünfer in Mathe in den Bauch, und manchmal blitzte mir Hakennase durch den Kopf, und ich dachte, eigentlich war er ganz okay, und vor allem war es ein gutes Gefühl, die Sache hinter mich gebracht zu haben, aber vor der Langeweile der Schulstunden und meiner Angst wegen Mathe rettete mich das auch nicht wirklich, und ich wartete nur auf das Zwei-Uhr-Läuten, damit ich nach Hause gehen konnte. Ich wollte mich nur ins Bett legen und schlafen und Zbornik und den ganzen Scheiß vergessen, aber dieser Tag schien ein echter Unglückstag zu sein, denn als ich heimkam, waren wieder die Betonleute im Haus, und mein Vater war da und rannte mit rotem Kopf durch die Gegend, und er sagte, ich müsse mein Zimmer aufräumen, weil die Betonleute da rein mussten, weil sie auch von meinem Boden Proben nehmen wollten, und ich hasste sie gleich unermesslich dafür, grüßte keinen von ihnen und schob die Kleiderhaufen, die in meinem Zimmer auf dem Boden lagen, zusammen und die CDs und packte mir alles auf die Arme und warf es in meinen Kasten. Der ging dann nicht mehr zu, und das ganze Zeug quoll wieder heraus, und ich fluchte und stopfte alles mit Gewalt zurück, drückte gegen die Tür und sperrte zu, und dann brach der Schlüssel ab, und schon kam so einer von den Bodentypen angeeiert, machte auf peinlich berührt und Entschuldigung, und dann begann er auf dem Boden herumzustampfen und zertrat dabei fast meine Franz-Ferdinand-CD, die ich beim Wegräumen übersehen hatte, und dann fuhr er mit den Füßen auf dem Boden herum, warf sich hin und suchte alles ab und nahm ein Pinselchen und schob Betonstaub auf ein Schäufelchen, und mein Vater stand in der Tür und beobachtete ihn ganz genau und gab ihm ständig Anweisungen, was er wie zu tun habe, und das alles ging mir so was von auf die Nerven, und mein Vater war auch schon wieder absolut uncool, und ich spürte, dass er gleich zu schreien anfangen würde, und in der nächsten Sekunde war es auch so weit, und dann kam ein zweiter Betonmensch in mein Zimmer, der war wohl so eine Art Chef, und er sagte, es könne daran liegen, dass der Zement falsch gemischt war, und möglicherweise habe der Architekt falsch gerechnet, und dann wurde der Kopf meines Vaters noch röter und er schrie, er habe es satt, dass sie ihm nicht endlich eindeutige Aussagen lieferten, und jetzt kämen sie schon das fünfte Mal zur Besichtigung und Probenentnahme, und noch immer könnten sie ihm keine eindeutigen Aussagen liefern, und er schrie und schrie mit seinem roten Kopf und redete andauernd von eindeutigen Aussagen, und alle trampelten in meinem Zimmer herum und es sah nicht so aus, als würden sie bald wieder verschwinden. Ich fand das Ganze so lächerlich, ich meine, welcher normale Mensch führt sich wegen ein bisschen Sand auf dem Boden so auf, mir war das so scheißegal, und vor allem wollte ich, dass diese Leute sich endlich aus meinem Zimmer verzogen, von mir aus konnten sie so uncool wie sie wollten im Rest des Hauses herumschreien, aber nicht bei mir, ich wollte meine Ruhe haben und mir die Decke über den Kopf ziehen und das alles hinter mir lassen und abtauchen ins Traumuniversum, dorthin, wo es keinen Zbornik und keine Eltern und keinen Sand auf dem Beton gab, aber es ging noch eine Ewigkeit so dahin, und dann verschwanden sie endlich, und ich musste das Zimmer noch von ihrer beschissenen Atmosphäre reinigen und zündete ein bisschen Weihrauch an, und draußen hörte ich sie noch herumschreien, und dann holte sich mein Vater den Betonchef in sein Zimmer, und von dort hörte ich sie noch lauter schreien, und es nützte gar nichts, dass ich mir die Decke über den Kopf zog, dieser spießige Streit drang einfach weiter bis zu mir, und dann gab ich es auf, schlafen zu wollen, nahm mir die Kopfhörer und drehte die Musik so laut wie möglich und dachte, in was für einer beschissenen Welt ich lebte.

Gabbermacker

Der Winter ging für mich weiterhin öde dahin, die Schule war ätzend und kaum auszuhalten, draußen war es scheißkalt, man konnte nicht auf der Straße rumhängen, alle liefen mit todernsten Gesichtern durch die Gegend und jedem ging es schlecht. Ich meine, schlecht geht es sowieso immer allen, aber im Winter muss man dazu noch all die Sachen anziehen und Mantel und Schal und Handschuhe, und in dem Zeug ist man total eingesperrt und kann sich kaum bewegen, und das macht einfach alles noch schlimmer.

Wenn ich zurückdenke, war das einzig Nette in dieser Zeit Yussuf. Der arbeitete auf einer Baustelle, an der ich jeden Tag auf meinem Heimweg von der Schule vorbeiging, und das hatte schon im Herbst begonnen, dass ich jedes Mal ein total nettes Lied leise gepfiffen hörte. Die Melodie war irgendwie ganz zart, und das Lied gefiel mir und war meine kleine Freude, wenn ich da vorbeikam, und manchmal hörte ich es nicht, aber wenn ich nah genug bei der Baustelle war und die Arbeiter mich sehen konnten, rief einer von ihnen plötzlich *Yussuf*, und dann begann das Pfeifen und tanzte mir in den Ohren, aber ich konnte nicht sehen, woher es kam, ich meine, ich wollte auch nicht so genau schauen, es war mir sowieso lieber so, und immerhin wusste ich ja, dass es von diesem Yussuf kam, und dass der es nur für mich pfiff, so war das irgendwie cool, und ich stellte mir vor, dass Yussuf ein total interessanter Typ war, und jeden Tag malte ich mir etwas anderes über ihn aus, und darum war ich auch froh, dass ich ihn in Wirklichkeit nie zu Gesicht bekam, so konnte ich träumen, und das war sowieso eine meiner liebsten Beschäftigungen.

Klara träumte in diesem Winter auch und war dabei von der Wirklichkeit mindestens genauso weit entfernt wie ich mit meinem Yussuf, aber bei ihr war es anders, sie hatte sich verliebt. Sie hatte den Typen in einem Lokal kennengelernt und war eigentlich gleich auf ihn abgefahren und er offensichtlich auch auf sie, aber wie sie so ist, ließ sie ihn erstmal abblitzen, und danach musste er noch ziemliche Verrenkungen machen, bevor er sie bekam, aber als es so weit war, war sie völlig hinüber vor Glück. Ich meine, ich fand diesen Lukas irgendwie ätzend, er machte auf Gabber, das finde ich sowieso peinlich und irgendwie abstoßend, und außerdem war er auch so uninteressant und redete ständig nur von Gabber-Musik und fand nichts wichtiger als *Air Max* und *Lonsdale* zu tragen, und das ertrage ich schon gar nicht, wenn jemand Kleidung so wichtig nimmt. Ich meine, klar, bestimmte Sachen kann man einfach nicht anziehen, aber von dem, was übrig bleibt, gibt's ziemlich viel, und ich finde es cool, wenn man zwischen den Stilen wechselt und sich nicht einordnen lässt, manchmal mache ich auf ganz punkig und manchmal auf superschön, und am besten finde ich es, wenn man bei einem Outfit die Stile mischt, sodass sich die Leute überhaupt nicht mehr auskennen, aber dieser Lukas trug immer seine geschorenen Haare, seine Bomberjacke und seine Air-Max-Schuhe, und Klara schien das nicht zu stören, sie fand ihn supertoll, und es gab nichts Wichtigeres für sie, als sich für ihn aufzumotzen und dann Händchen haltend herumzusitzen, er in seinem Gabberoutfit und sie auf schöne Frau, und sie tat so, als wären sie immer schon zusammen gewesen und würden ewig zusammen bleiben, und natürlich wollte sie es mit ihm machen, aber dafür sagte sie, ließe sie sich Zeit, bis der richtige Moment gekommen sei. Ich sagte ihr, dass der richtige Moment ein Quatsch und ein Märchen sei, den richtigen Moment dafür gebe es nicht, ich bin ganz sicher, dass es immer irgendwie beschissen ist und sowieso höllenweh tut, aber Klara sagte, sie würde das so machen, und sie saß da, schaute ihrem Mininazimacker in die Augen und machte auf Prinzessin. Sie sagte, es sei die wahre Liebe zwischen ihnen, und für mich war es eine absolut öde Zeit, weil sie Tag für Tag mit ihm herumhing und wir unsere Sachen nicht machen konnten. Ich sah Klara nur mehr gemeinsam mit diesem Lukas, wir waren ständig zu dritt, und ich kam mir schon echt blöd vor, immer die Gouvernantenrolle in diesem komischen Dreier abzugeben, und außerdem spürte ich dadurch meine Einsamkeit noch mehr als sonst.

Es gab Abende, da fühlte ich mich so beschissen, wie ich da saß neben den beiden, die Händchen hielten oder knutschten, und ich hing allein an meiner Bierflasche und hielt mich geradezu krampfhaft daran fest und hoffte nur, dass niemand hersah und merkte, wie allein ich war und womöglich Mitleid mit mir bekam oder dachte, kein Wunder, dass die Alte alleine ist, und noch weniger hätte ich es ertragen, wenn mich in dieser Situation jemand angemacht hätte, aber das Danebensitzen war fast genauso schlimm. Es zog mir vor Peinlichkeit immer den Magen zusammen, und ich merkte, wie sich sogar meine Zehen einkrampften und jeder Schluck Bier sich erst seinen Weg an der Sperre in meinem Hals vorbeibahnen musste, weil ich so unlocker war, und dann stand ich oft neben mir und sah, wie ich versuchte, ein halbwegs normales Bild abzugeben, so dass niemand merkte, wie ich mich eigentlich fühlte, und das war unglaublich anstrengend, und ich weiß gar nicht, warum ich mir das antat, ich glaube, ich tat es nur für Klara, weil sie unbedingt wollte, dass ich so oft wie möglich dabei war, wenn sie mit ihrem Lukas ausging.

Klara nervte mich damals unendlich, denn wenn wir nicht sowieso mit ihrem Macker herumhingen, redete sie trotzdem von nichts anderem als ihm, und sie wollte jeden Furz, der ihn betraf, mit mir besprechen, was er gesagt hatte und was er getan hatte, und was seine bescheuerten Freunde gesagt und getan hatten, und was er angehabt hatte, und wie oft er sie geküsst hatte, und was er zu diesem und zu jenem meinte, und ich glaube, sie erzählte mir auch, ob er ihr beim Küssen die ganze Hand oder nur vier Finger um den Nacken gelegt hatte, und sie erwartete, dass ich als ihre beste Freundin mir das alles haarklein anhörte, und sie wollte, dass ich sagte, wie super ihr Typ sei, dabei fand ich ihn nur peinlich, aber Klara begann dann auch noch, diese blöde Gabber-Musik zu hören, und sie vergaß Kurt und alles, was uns beiden wichtig gewesen war, und mich vergaß sie sowieso. Ich sollte zwar ständig die Gouvernante bei ihren Treffen spielen, aber wie ich mich dabei fühlte und was mir sonst durch den Kopf ging, interessierte sie überhaupt nicht. In dieser Zeit konnte es passieren, dass wir eine Stunde telefonierten und sie mir ohne Atem zu holen von Lukas hier und Lukas da erzählte und nicht ein einziges Mal fragte, wie es mir ginge. Oder sie fragte mich zwar, und kaum hatte ich den Mund aufgemacht und wollte was sagen, schnitt sie mir schon das Wort ab und fing wieder an – Lukas hier und Lukas da. Ich fühlte mich ganz schön allein und hatte niemanden, dem ich sagen konnte, wie dreckig es mir ging, dabei hielt ich die Schule überhaupt nicht mehr aus, in meinem eigenen Leben war absolut tote Hose, und ich konnte mir nicht vorstellen, dass sich das jemals wieder ändern würde, und mein Vater machte Terror wegen der Semesterprüfung in Mathe.

Ich musste Nachhilfestunden nehmen bei dem spießigsten Studenten, den man sich überhaupt vorstellen kann, er trug immer hellbeige Anzugshosen, dazu karierte Hemden und manchmal sogar Krawatte dazu, auf der Nase saß ihm eine viel zu große, unmöglich eckig-oval geformte Brille, und die Haare trug er ordentlichst seitengescheitelt und mit Gel an den Kopf geklebt, der war mir so unsympathisch, dass ich überhaupt nicht verstehen konnte, was er mir erklärte, und wenn er gegangen war, musste ich mein Zimmer immer vollständig ausräuchern, weil er eine so beschissene Atmosphäre hinterließ, und überhaupt dachte ich, ich werde jetzt gleich verrückt, und dann sperren sie mich ein und alles wird noch schlimmer.

Mein Vater redete nur mehr über die Schule mit mir, auf einmal wollte er alle meine Hefte sehen, und er schrieb sich alle Schularbeits- und Prüfungstermine auf und nervte mich jeden Tag mit seinen Fragen, ob ich schon gelernt hätte und was und wie viel und wie lange, was sonst in mir abging, interessierte ihn nicht im Geringsten, er fragte nicht mal, wie es mir ging, sondern regte sich nur ständig auf, weil ich das Licht im Badezimmer nicht abgedreht hatte, weil die Küche versaut war, weil ihm die Telefonrechnung wieder zu hoch war, so ging das dahin, und dann wunderte er sich, warum ich kein fröhlicheres Gesicht machte, und meine Mutter sah mich ständig nur verzweifelt an und seufzte, und dann kaufte sie mir irgendwelche Klamotten, die mir nicht gefielen, und das alles machte mich noch trauriger, als ich sowieso schon war, und ich konnte es nicht einmal Klara erzählen.

Die hatte sich inzwischen ihren bescheuerten, romantischen First-Love-Trip verschafft und es mit Lukas gemacht, und natürlich erzählte sie mir das in allen Einzelheiten und seufzte dazu ständig vor Begeisterung. Nachdem sie beschlossen hatte, dass sie jetzt so weit war, hatte sie einen Nachmittag abgewartet, an dem ihre Familie für längere Zeit ausgeflogen war, und dann hatte sie alle Zimmer abgedunkelt und in der ganzen Wohnung hunderte Kerzen aufgestellt und *R. Kelly* aufgelegt und ihren Typen angerufen, und dann waren sie in die Badewanne gestiegen, und am Rand waren auch lauter Kerzen aufgestellt gewesen, und auf dem Badezimmerboden hatten Weihrauchfässchen geraucht, und in der Wanne hatten riesige Schaumflocken geblubbert, und *R. Kelly* hatte sein Schmalz aus den Lautsprecherboxen abgelassen, und in diesem kitschigen Dufttraum waren sie einander in den Armen gelegen, und danach waren sie ins Bett gegangen, und dort hatte Lukas Klara eine Stunde lang nur gestreichelt, und Klara hatte sich nichts mehr und so sehr wie noch nie gewünscht, dass sie miteinander schliefen, und dann hatten sie es gemacht, und Lukas war ganz zart und vorsichtig gewesen, und natürlich hatte er ein Kondom dabeigehabt und natürlich hatte er es verwendet, und es hatte weh getan, aber Klara hatte das nichts ausgemacht, denn es war so großartig gewesen, und danach hatte sie vor Glücklichsein geweint, und auch das hatte Lukas verstanden, er hatte nicht gefragt, warum sie weinte, sondern es gewusst, und später war er hinuntergegangen und hatte eine Flasche Sekt geholt, und mit dem Sekt hatten sie einander bespritzt und sich die Flüssigkeit von den nackten Körpern geleckt, und dann hatten sie den Rest aus Gläsern getrunken und waren angenehm beschwipst gewesen, und dann hatten sie sich geduscht, angezogen und waren auf die Straße gegangen. Sie waren Hand in Hand durch die Menschenmenge in der Fußgängerzone gegangen, und Klara hatte sich so großartig gefühlt wie noch nie in ihrem Leben, und sie hatte sich gewünscht, alle möglichen Leute zu treffen, damit die alle sähen, wie gut es ihr ging und was für eine tolle Frau sie war und was für einen tollen Typen sie an ihrer Seite hatte, aber sie hatten niemanden getroffen, und auch das war eigentlich gut gewesen, denn so hatten sie dem, was sie gerade miteinander erlebt hatten, besser nachspüren können, und so waren sie den ganzen Abend herumspaziert und Lukas hatte Klara ganz fest umarmt gehalten und sie immer wieder ganz zart auf den Hals und den Mund geküsst, und Klara hatte gespürt, dass es das Richtige gewesen war, was sie getan hatten, und dass Lukas der Richtige für sie war, und sie hatte jetzt ganz sicher gewusst, dass sie ihn liebte.

So jedenfalls erzählte es mir Klara, ich fand das alles ätzend und schrecklich und rettungslos kitschig, und trotzdem wurde ich irgendwie traurig, als sie mir davon vorschwärmte und ich mich an meine Kellerpartie mit Hakennase erinnerte, und ich fühlte mich wieder mal scheißallein und mein Leben war zu kompliziert, und ich fühlte mich elend, weil ich sicher nie einen Typen kennenlernen würde, den ich liebe und der mich liebt, weil es das in meinem Leben einfach nicht spielt, und weil ich immer allein und verwirrt durch die Welt laufen würde und niemand mich jemals auch nur ansatzweise wirklich verstehen würde, und weil mir immer nur Kurt bleiben würde, der tot war und den ich niemals kennenlernen konnte. Dabei war es nicht so, dass ich es wie Klara haben hätte wollen, das Problem war vielleicht, dass ich nicht genau wusste, wie ich es haben wollte, das war bei mir immer so, ich wusste zwar immer, wie ich es *nicht* haben wollte, aber fast nie, wie ich es haben wollte. Bei Klara war das anders, sie wusste das meistens, und es war eben typisch für sie, dass sie es mit Lukas so gemacht hatte, wie sie es sich ausgedacht hatte, weil sie genau wusste, wie sie es haben wollte. So war sie eben, und ich gönnte ihr ja dieses beschissene kleine Glück, aber ich glaubte nicht an diesen Lukas und befürchtete, dass das alles schlecht ausgehen würde, aber das sagte ich Klara natürlich nicht.

Es dauerte allerdings nicht lange, bis sich herausstellte, dass ich recht gehabt hatte, denn kurz nach ihrem First-Love-Trip begann der Gabbermacker zu spinnen. Es fing damit an, dass er dauernd davon redete, wie schlecht es ihm gehe, aber er sagte nicht warum und hatte ständig eine Scheißlaune, die er an Klara ausließ, er redete nichts mit ihr und stierte nur stumpfsinnig vor sich hin, und wenn sie etwas zu ihm sagte, fuhr er sie an, sie solle die Klappe halten und ihn in Ruhe lassen, oder er ließ sie einfach sitzen und traf sich mit seinen bescheuerten Gabberfreunden und sagte, sie könne nicht mitkommen, er sagte, sie sei ein kleines dummes Baby, das nichts von der Welt wisse, und sie verstehe nichts von seiner Musik und seinen Leuten und seiner Welt überhaupt, und das mit dem *kleinen dummen Baby* war für Klara natürlich das Ärgste überhaupt, weil sie sich für unheimlich reif hielt, und das war sie ja auch mit ihrer Verantwortung für den Familienhaushalt und die kleine Schwester, und abgesehen davon wusste sie auch sonst noch eine ganze Menge vom Leben, aber trotzdem gab sie diesem Idioten nicht den Laufpass, sondern lief ihm hinterher und hatte alles Verständnis der Welt für seine üblen Launen und die Scheiße, die er bei ihr ablud. Sie sagte, er habe eben eine Krise, er zweifle in Wirklichkeit an sich selbst und verzweifle an der Welt, was jeder verstehen müsse, denn die Welt sei zum Verzweifeln, und manchmal halte man das eben nicht aus, und dann machte sie den Riesenfehler, dass sie ihn mit ihrem ganzen Verständnis geradezu einhüllte und alles für ihn tat, obwohl er sie wie den letzten Dreck behandelte, und sie schwirrte die ganze Zeit um ihn herum und fragte ihn dauernd, was er brauche und was sie für ihn tun könne, und er wurde immer unangenehmer und nahm sie überhaupt nicht ernst, und Klara fragte mich ständig, was sie machen sollte, und ich sagte ihr, sie solle den Typen mal vergessen. Ich brachte es nicht übers Herz, ihr zu sagen, dass ich ihn letztklassig fand und ihrer überhaupt nicht wert, weil sie ihm so verzweifelt nachweinte, und dann kam das, was ich sowieso schon die längste Zeit vorausgesehen hatte, er sagte nämlich, er könne nicht mehr mit Klara zusammen sein, es sei ihm zu eng, er kriege keine Luft mehr, er ersticke, und Klara wollte das zuerst überhaupt nicht wahrhaben, sie realisierte es wirklich nicht, sie sagte dauernd, das sei seine Existenzkrise und das gehe vorüber, und dann werde alles wieder so großartig, wie es gewesen war, dabei war es gar nie großartig gewesen, aber das sah sie auch nicht, und dann kam der Tag, an dem er sie endgültig verließ.

Für Klara brach die Welt zusammen, anfangs heulte sie nur mehr und redete fast überhaupt nichts, und sie wollte nicht essen und nicht schlafen und nicht rausgehen, nichts. Nach ein paar Wochen fing sie doch wieder zu reden an, sie ging zwar noch immer nicht raus, aber sie rief mich an und redete von nichts als diesem unnötigen Typen, und sie sagte, dass ihr Herz gebrochen sei, dass er ihre große Liebe gewesen sei, dass sie einander wirklich geliebt hätten, und dass sie sich nicht vorstellen könne, jemals jemand anderen zu lieben, und überhaupt nicht wisse, wie das Leben ohne ihn weitergehen solle. Als ich das hörte, musste ich mich wirklich zusammenreißen um nicht loszuschreien, was Klara sagte, war so absurd und bescheuert, und ich musste ihr jetzt wenigstens sagen, was ich schon die ganze Zeit von diesem Typen gehalten hatte, nämlich nichts, und ich sagte ihr, dass er sie überhaupt nicht verdient habe, und vor allem sagte ich ihr, dass es Schwachsinn sei, in ihrer Situation von Liebe zu reden.

Ich meine, ich weiß nicht, was Liebe ist, aber ich denke, es ist was ganz Großes, und von Liebe kann man frühestens sprechen, wenn man mindestens zwei Jahre lang zusammen war und das Schönste und das Schlimmste miteinander durchgemacht hat, und wenn der Blick auf den Menschen diesen Dreh gemacht hat, dass man nicht mehr sagen kann, ob er gut oder schlecht aussieht, weil man ihn einfach in allen Facetten kennt, auch nach dem Aufwachen nach einer Wahnsinnsnacht, auch krank oder mit fettigen Haaren im Jogginganzug und mit Pickeln überall, oder im allertollsten Outfit, und bei all dem denkt man überhaupt nicht daran, wie er denn eigentlich aussieht, denn er ist eben der, den man Tag für Tag sieht und den man liebt, und nur manchmal kommt der Blick der Anfangszeit zurück und man denkt, wow, er sieht wirklich gut aus, und natürlich muss man mit einem, von dem man sagt, dass man ihn liebt, auch die allerlangweiligsten Sachen gemacht haben, den allerödesten Alltag erlebt haben, und das muss man ausgehalten haben, und man muss seine Fehler genauso gut kennen wie seine guten Seiten, und man muss auf jeden Fall in einer wunderschönen Sommerwiese mit ihm gelegen sein, und man muss ihn kotzen und wie einen Hund leiden gesehen haben und durchdrehen vor Glück, und man sollte eine Reise mit ihm gemacht und auch etwas Gefährliches gemeinsam erlebt haben und wissen, wie er in welchen Situationen reagiert, und man muss ihn schon gehasst haben, und er darf einem nie gleichgültig gewesen sein, und alles das war zwischen Klara und mir eher gewesen als zwischen ihr und diesem Macker, aber Klara brauchte Wochen, bis sie das verstand, sie bestand darauf, dass es die wahre Liebe gewesen war, was zwischen ihr und diesem Typen gelaufen war, und sie badete in ihrem absurden Schmerz und ließ nichts und niemanden an sich heran. Sie bunkerte sich daheim ein, sie aß nichts und verlor ziemlich schnell einiges von ihrem Babyspeck, in der Schule saß sie wie ein durchsichtiger Schatten herum, und manchmal war ich schon richtig froh, wenn sie mich wenigstens mit ihrem Schmerz und ihren Erinnerungen an die Zeit mit Lukas anlaberte als nur zu schweigen.

Das Ganze dauerte eine Zeit lang, in der ich mich noch mehr langweilte und mein Leben noch sinnloser fand als sonst, und dann kam sie langsam herausgekrochen aus ihrem Schneckenhaus, sie lachte ab und zu mal wieder und schimpfte auf die Scheißkinder in unserer Klasse, und dann fragte sie mich endlich, ob wir nicht zusammen rausgehen sollten, und mir fiel echt ein Stein vom Herzen. Das erste Mal, als wir wieder miteinander ausgingen, war noch nicht so gut, wir kamen überall an Orte und Leute, die sie an Lukas erinnerten, und in einem Lokal, im dem sie eigentlich nichts an ihn erinnern sollte, spielten sie blöderweise die Nummer von *R. Kelly*, die Klara für ihre Liebesnacht ausgesucht hatte, und da ging sie völlig ein, und damit war der ganze Abend gelaufen, sie wollte nur nach Hause, und am Heimweg sagte sie überhaupt nichts mehr und starrte nur in den Boden, und als sie mich zum Abschied küsste, hatte ich das Gefühl, ein kaltes Gespenst hätte mich geküsst, aber beim nächsten Mal war es schon besser, und nach Weihnachten hatte ich wieder die alte Klara, nur dass sie jetzt um einiges dünner war und auch cooler aussah, und wir konnten wieder Diebszüge machen und Sushi essen gehen, und Klara hatte immerhin das davon, dass sie sich nicht mehr um ihren Speck sorgen musste, denn der war weg und blieb es auch.

Come as you are

Ende Januar hatte ich meine Semesterprüfung in Mathe, der Technospießer mit den beigen Anzugshosen hatte mir sämtliche Formeln und alle Beispiele, die kommen könnten, eingetrichtert, ich hatte dabei gelitten wie ein Schwein und ihn tausendmal verflucht und verhext. Ich meine, er tat so, als wäre Mathe das Allerinteressanteste, was es auf der ganzen Welt geben konnte, und er meinte, wem das nicht gefiel und wer das nicht gleich verstand, hatte sowieso keine Lebensberechtigung, und dann zupfte er sich auch noch ständig die Bügelfalte seiner grässlichen Anzugshose zurecht und strich mit gespreizten Fingern über seinen gegelten Scheitel, während er mir die Formeln erklärte und Beispiele diktierte. In dieser Atmosphäre musste ich mir den Mathescheiß reinziehen, und ich kann nur sagen, ich hatte noch nie zuvor so oft hintereinander mein Zimmer ausräuchern müssen, und niemand kann sich vorstellen, was für eine Qual es für mich war, jeden Tag aufzustehen und zu wissen, dass ich mich mit diesem sinnlosen Kram beschäftigen musste, aber dann ging auch diese Zeit vorbei, und es kam der Tag, an dem ich vor Zbornik treten und den ganzen Semesterstoff können musste.

Das war an einem Mittwoch, und ich wachte schon um halb fünf das erste Mal auf, und in meinem Bauch flatterten Millionen von Schmetterlingen, und die hatten rein gar nichts mit Verliebtheit zu tun, und in meinen Adern floss das Blut ganz stockend, so sehr schiss ich mich an, und ich sah die Ziffern des Weckers unerbittlich näher auf sieben zuspringen, und in meinem Kopf und in meinem

Körper war nur Angst und sonst gar nichts, und ich versuchte zu denken, dass das Schreckliche in diesem Augenblick noch nicht da war und dass ich jetzt gerade noch ein freier Mensch war, und als ich dann aufgestanden war und am Klo saß und auf die Fliesen vor mir starrte, fiel mir der Spruch *Jetzt ist jetzt und dann ist noch lange nicht* ein. Den sagte ich mir ständig vor und das half mir minimal, und darum sagte ich mir das auch den ganzen Schulweg lang vor und in allen Stunden bis zur vierten, in der Zbornik auftauchen würde mit seinem dreckigen gemeinen Grinsen, aber je näher die vierte Stunde kam, desto wirkungsloser wurde meine Formel, und dann war es zehn Uhr fünfundvierzig, und die Glocke läutete schrill in meinen Kopf hinein, und ich hatte das Gefühl, dass ich alles, was der Technospießer mir eingetrichtert hatte, vollständig vergessen hatte.

Es dauerte noch zehn lange Minuten, bis Zbornik kam, an diesem Tag trug er eine hochwasserkurze, schwarze Hose, die am Hintern glänzte, und natürlich zelebrierte er erst lang und breit die Klassenbucheintragungen, bevor er mich mit schneidender Stimme herausrief. Als ich rausging, hatte ich das Gefühl, mir würden gleich die Beine wegsacken, und mein Kopf war völlig leer, keine einzige Formel drin, schon gar keine Matheformel, aber immerhin kam ich bei der Tafel an, und Zbornik diktierte mir die Angabe zu einem Beispiel. In der Klasse war es so leise wie nie, und ich hörte das Quietschen der Kreide auf der Tafel so laut, als würde ich es von einer CD mit höchster Lautstärke auf meiner Stereoanlage abspielen, aber trotzdem passierte das Wunder, dass ich das Beispiel auf einmal vollkommen erfasste. Ich wusste haargenau, was ich zu tun hatte, und ich leitete eine Formel nach der anderen ab und schrieb wie eine Besessene bis zum Ergebnis, das sich auch wirklich ganz rund ergab. Eine kleine Hoffnung, es doch zu schaffen, machte sich in mir breit, aber Zbornik sagte überhaupt nichts zu dem schönen runden Ergebnis, das da auf der Tafel stand, sondern schickte mich nur zum Seitenflügel der Tafel und diktierte mir das nächste Beispiel.

Schon während ich die Angabe schrieb, wurde mir plötzlich schlecht und absolut elend zumute, und ich wusste nicht, wozu ich das machte, es war mir doch eigentlich so was von egal, ob ich diese blöde Prüfung schaffte oder nicht, wen interessierte schon mein Jahreszeugnis und noch viel weniger interessierte irgendjemanden mein Halbjahreszeugnis, mich am allerwenigsten, ich würde schon irgendwie durchkommen im Leben, und Mathe konnte ich dafür absolut nicht gebrauchen, und wozu sollte ich diesem Sadisten vorführen, dass ich für ihn was gelernt hatte, und ich wurde auf einmal wahnsinnig müde, und mein Kopf war ganz leer, und ich starrte auf die Zahlen auf der Tafel, die plötzlich nicht den geringsten Sinn mehr ergaben, und meine Hand mit dem Kreidestück sank herunter, und in mir hörte ich Kurt *Come as you are* singen und um mich herum die laute Stille der anderen, und ich spürte, wie Freude in Zbornik hochkroch, weil ich nicht weiterkonnte, er war ein elendes Schwein, das ich abgrundtief hasste, und die ganze Welt war so was von beschissen, und ich fragte mich, warum ausgerechnet ich auf diesem Planeten herumlaufen musste, und warum ich jetzt da stand mit diesem grindigen Stück Kreide in der Hand, von dem ich kalte Schauer am ganzen Körper bekam, und die Zeit tickte dahin, unter meinen Füßen knarrten die Dielen des Holzbodens, und ich starrte auf die grüne Tafel mit den weißen Zeichen meiner Schrift darauf und sah sie eigentlich gar nicht. Plötzlich räusperte sich Zbornik, dann schickte er mich zum anderen Seitenflügel der Tafel und begann, mir das nächste Beispiel zu diktieren, aber ich hörte gar nicht, was er sagte, in meinen Ohren rauschte *Come as you are*, mein Magen war absolut flau, und ich spürte, wie mir Tränen in die Augen stiegen, und dann fiel mir die Kreide aus der Hand und ich starrte ihr nach, wie sie auf dem fleckigen Holzboden lag, und dann sah ich das Muster, das die Flecken auf dem Boden machten, ein Fabeltier mit einem weißen Kreideauge, es hatte einen schuppigen Rücken und ganz langen Schwanz, der sich bis zur Tür des Klassenzimmers zog, und meine Augen folgten dem Schwanz, der unter der Tür bis nach draußen ging, und ich wollte auch da raus, nur weg von hier und Zbornik und den Scheißkindern und dieser verdammten Tafel, und ich wusste, dass ich weg musste, und dann ging ich einfach, ich wollte nicht einmal mit Klara reden oder mich von ihr trösten lassen, ich wollte nur nach Hause, in mein Bett und schlafen.

Schokolade

Zu Anfang des nächsten Semesters bekamen wir eine Neue in die Klasse. Sie trug immer schwarze Klamotten und blutrot lackierte, ziemlich lange Fingernägel, und sie setzte sich in die letzte Bank und redete mit keinem, und das Erste, was sie tat, war, mit schwarzem Kugelschreiber einen Spruch ganz tief in das Holz ihres Tisches einzuritzen, und das war *Habet den Mut euch eures eigenen Verstandes zu bedienen*, und darunter schrieb sie *I. Kant*. Später dann ritzte sie noch einen fünfzackigen Stern und jede Menge andere satanistische Symbole in ihren Tisch, und ständig hatte sie Bücher von Aleister Crowley und so Zeug mit, und obwohl mir der Kant-Spruch auf ihrem Tisch gefiel, fanden Klara und ich sie doof. Wir fanden diese Cornelia arrogant und dachten, alles, was sie tat, wäre nur eine blöde Show, um sich interessant zu machen, und wir stellten uns vor, wie sie mit ihren Satanistenfreunden auf den Friedhof ging, Blut trank und Tiere opferte, und das fanden wir sowieso ätzend blöd und kindisch und irgendwie auch megaout, und wir beschlossen, sie auf jeden Fall links liegen zu lassen, sollte sie darauf aus sein, uns kennenzulernen, denn wenn sie hier jemanden kennenlernen wollte, dann konnten das nur wir sein, die Scheißkinder waren ja für jeden, der auch nur minimal was drauf hatte, einfach zu vergessen.

Klara sagte, Cornelia habe ein echtes Problem und sie müsse ziemlich krank im Kopf sein, ich fand das nicht, aber das sagte ich Klara nicht, sie hatte manchmal so spießige Tendenzen und bezeichnete immer gleich alles, was nicht in ihre Welt passte, als abartig und krank, aber ich sagte nichts dazu und war froh, dass die Geschichte mit dem Gabbermacker hinter uns lag und wir wieder unser Ding durchziehen konnten, und das taten wir auch.

Einmal hatten wir wieder so richtige Lust auf einen kleinen Diebeszug, wir brauchten zwar keine Kohle, aber wir wollten unbedingt etwas klauen, und wir waren schon den ganzen Nachmittag lang in einer völlig verrückten Blödelstimmung gewesen und in der Fußgängerzone unterwegs, und dann sahen wir so einen komischen, grindigen Supermarkt, und wir sahen uns an und wussten, der war es, und wir brauchten kein Wort zu sagen, um uns zu verständigen, sondern gingen einfach hinein, und drinnen ging es dann ab.

In dem Supermarkt waren praktisch keine Kunden, und wir stiefelten da drinnen von Regal zu Regal und stießen uns ständig in die Seite und traten uns gegenseitig auf die Zehen, und dann kicherten wir wie die Wahnsinnigen und schubsten uns gegenseitig in die Regale, und alles schepperte und klapperte, und die Sachen fielen auf den Boden, und die Wurstverkäuferin und die Kassiererin sahen schon ständig her, und dann nahm Klara eine Marzipanschokolade und steckte sie in ihre Manteltasche, und wir gingen kichernd zur Kassa, und Klara nahm ein Feuerzeug vom Kassenregal und legte es auf das Warenförderband, und die Kassiererin sah uns total böse an und zog das Feuerzeug über den Scanner. Mein Herz klopfte ziemlich, denn wir hatten uns so auffällig benommen, und diese Geschichte war irgendwie anders als die mit den Geldtaschen in den Klamottenläden, und ich dachte, das kann nicht gut gehen, und da kam auch schon eine Frau gelaufen und schrie: Diebe, Diebe, und dann sagte sie der Kassiererin, dass Klara eine Schokolade im Mantelsack habe, sie habe es genau gesehen. Die Frau trug einen kotzgrünen Lodenmantel und einen absolut hässlichen Topfhut, und das Gesicht darunter war noch hässlicher als der Hut, wie konnte man nur so drauf sein, dass man jemanden wegen einer geklauten Schokolade verpfiff, aber so wie die aussah, wunderte es mich nicht, und dann läutete die Kassiererin nach dem Geschäftsführer, und Klara schmiss die Nerven weg und zog die Schokolade aus der Tasche, und die Frau im Lodenmantel zeterte was von der verdorbenen heutigen Jugend, und dann mussten wir dem Geschäftsführer in sein Büro folgen.

Er machte auf streng und sagte gleich, er werde jetzt die Polizei rufen, aber da hatte er nicht mit Klara gerechnet, die nahm ihr ganzes Schauspieltalent zusammen und jammerte irgendwas von Mitleid und Verständnis, keine Ahnung, auf jeden Fall sagte der Typ dann okay, aber er werde natürlich unsere Eltern verständigen, und wollte unsere Ausweise sehen. Klara versuchte es erst wieder mit der Mitleidstour, sie sagte, ihre Eltern würden sie umbringen, wenn sie das erführen, und das könne er einfach nicht machen, aber der Typ blieb hart, und dann wollte er unsere Namen hören, und Klara sagte, sie hätte keinen Ausweis dabei und sie hieße Rosa Binder. Sie sagte tatsächlich Rosa Binder, das fand ich den abgefahrensten Namen, den sie sich hätte ausdenken können, und ich spürte, wie ein unbezwingliches Lachen in mir hochkroch, eins von denen, gegen die man keine Chance hat, und es schwoll in mir an und schwoll an, und gleich würde es rausplatzen, und da platzte es raus, und es schüttelte meinen ganzen Körper und ich dachte, Scheiße, jetzt habe ich alles versaut, und ich steckte meinen Kopf in den aufgestellten Kragen meines Mantels, und es schüttelte mich und schüttelte mich und gluckste aus mir heraus, und dann geschah das Unglaubliche. Der Typ kam zu mir her und klopfte mir ungeschickt auf die Schulter und sagte, ich solle nicht weinen, er werde noch einmal von allem absehen und uns laufen lassen, aber wir sollten uns nie wieder in seinem Supermarkt blicken lassen, und dann sagte er, Haut ab, und *Rosa* und ich stolperten zu seiner Tür hinaus, und mich schüttelte noch immer das Lachen, aber ich hielt den Kopf weiter in meinem Mantelkragen versteckt, und dann standen wir wieder auf der Straße, und wir machten, dass wir von dem Supermarkt wegkamen, und als wir ihn hinter uns gelassen hatten, zog Klara die Schokolade heraus, die hatten sie nämlich vergessen uns abzunehmen.

Jetzt lachte auch Klara wie eine Verrückte, und wir standen da mitten auf der Straße und bogen uns und bekamen schon überhaupt keine Luft mehr, und mir liefen die Tränen übers Gesicht, und plötzlich sah ich einen Typen mit halblangen dunklen Haaren und Hippiemantel auf uns zukommen, und mir blieb das Lachen im Hals stecken, denn das war Hakennase und er steuerte direkt auf mich zu und grinste sein dreckiges Grinsen, das mir so gut gefallen hatte, und dann stand er vor mir und sagte: Hallo und wie geht's, und sofort waren der Keller und die Bretter der Holzkiste in meinem Kopf, und auf einmal sah ich seinen riesigen Schwanz vor mir und bekam das Bild nicht mehr weg, und ich meinte fast wieder zu spüren, wie er an mir herumgefummelt hatte, und blöderweise begannen meine Möse und mein Herz zu klopfen, und das alles wäre nicht so schlimm gewesen, wenn mir nicht plötzlich eingefallen wäre, was Klara über die Schweißflecken unter seinen Armen gesagt hatte, und auf einmal schämte ich mich total, dass ich mich mit ihm eingelassen hatte, und der Gedanke, dass er meinen Körper gehabt hatte und in mir drin gewesen war, wurde mir unerträglich, aber gleichzeitig hörten mein Herz und meine Möse nicht auf zu klopfen, und ich stand da, starrte ihn an und wusste nicht, was ich sagen sollte, und er sagte, er habe sich gerade die *Unplugged* von *Nirvana* nachgekauft, und dann ging es mir noch dreckiger, weil ich fand, ich wäre einerseits ja doch nicht so falsch bei ihm gelegen, und andererseits, was kann der schon von Kurt wissen und verstehen, und ich spürte ganz heftig, dass Klara neben mir stand und an die Schweißflecken dachte, und ich konnte absolut nicht reden und würgte nur schnell ein fast tonloses *Aha* hervor, und Hakennase fuhr mit der Spitze seines linken Stiefels auf dem Asphalt herum und wusste auch nicht mehr, was er sagen sollte, und jetzt grinste er mich ganz schüchtern an, und das gefiel mir wieder, und dann musste ich wieder an seinen Schwanz denken, und ich hätte zu gern gewusst, woran er dachte, und dann war da Klara neben mir und sah Hakennase mit Todesverachtung an, und die ganze Situation war unendlich peinlich, und ich war völlig gelähmt und hatte keine Ahnung, wie ich da rauskommen sollte, und Hakennase machte keinerlei Anstalten abzuhauen, er stand da und sagte nichts mehr und bearbeitete mit seiner Schuhspitze den Asphalt, und dann sagte Klara plötzlich: Wir müssen gehen, und ich würgte ein *Ciao* hervor, das wieder so leise war, dass ich nicht wusste, ob man es überhaupt gehört hatte, und Hakennase hob die Hand zu einem müden Winken, und dann zog Klara mich weg, und wir gingen zur U-Bahn, und Klara sagte, dass dieser Typ ja wohl wirklich das Letzte sei und dass sie absolut nicht verstehe, wie ich mir den hatte aussuchen können, und ich antwortete ihr nicht und fühlte mich vollkommen leer und traurig, und der ganze Spaß mit der Schokolade im Supermarkt war zerplatzt wie eine Seifenblase, und mir fiel der Spruch aus Elianes

Wohnzimmer ein: *Ich sitze am Straßenhang. Der Fahrer wechselt ein Rad. Ich bin nicht gern, wo ich herkomme. Ich bin nicht gern, wo ich hingehe. Warum sehe ich den Radwechsel mit Ungeduld?* Und mein ganzes Leben war so und ich war sicher, dass es immer so sein würde.

Niemand

Das Jahr ging öde weiter, und Klara und ich ertrugen die Schule überhaupt nicht mehr. In Deutsch mussten wir den *Faust* lesen, und zwar den gesamten öden Schinken mit den bescheuerten Reimen, und wochenlang mussten wir Arbeiten und Analysen und Aufsätze über diesen abgefahrenen Typen und seinen Pakt mit dem Teufel schreiben, und im Unterricht ging es um überhaupt nichts anderes mehr, dabei war Deutsch immer das Fach gewesen, das ich noch am ehesten mochte, weil wir oft ganz gute Bücher lasen und man sich bei manchen Aufsatzthemen was von der Seele schreiben konnte, aber dieser *Faust* langweilte mich zu Tode, und ich verstand überhaupt nicht, was für ein Getue die Lehrerin um diesen Schinken machte, sie redete dauernd von Diesseits und Jenseits und den Grenzen der Wissenschaft und Verantwortung und Erfahrung und Erkenntnis und von dem wichtigsten Werk der deutschen Literatur, und das interessierte mich überhaupt nicht, und ihre Interpretationen kamen mir so vorgefertigt und nachgebetet vor, und wenn das das Beste ist, was die deutsche Literatur zu bieten hat, dann scheiße ich auf die deutsche Literatur, aber dann rückte auf einmal Cornelia mit ihrer Interpretation von Faust an, und das war auf zwei Arten absolut außergewöhnlich.

Erstens hatte sie im Unterricht noch nie freiwillig etwas gesagt, normalerweise saß sie allein in ihrer Bank und schaute nur in ihre eigenen Bücher oder malte ihre satanistischen Symbole auf den Tisch, und man hatte immer das Gefühl, sie kriege überhaupt nichts von dem mit, was um sie herum vorging, und zweitens war das, was sie dann über den *Faust* sagte, total interessant, und es kam mir vor, als kenne sie dieses Buch schon lange und um vieles besser als die Deutschlehrerin, und sie verstand es auch viel besser als sie. Cornelia sagte, dass dieser Mephisto für eine Philosophie von Individualismus, Ästhetik und Egoismus steht und eine Art Symbol für die Macht zur Zerstörung von allem ist, was von der Masse als das Gute verstanden wird. Sie sagte, dass Mephisto aus dieser Position heraus alles Schlechte an der Gesellschaft erkennen und kritisieren kann und dass er vor allem gegen die verlogene Haltung ist, dass alle sich gegenseitig lieben, helfen und aufeinander Rücksicht nehmen müssen. Sie meinte, dass ein Teil von Goethe und seinen eigentlichen Meinungen in dieser Figur steckt und dass man den *Faust* auch aus dieser Perspektive lesen muss, und dann erzählte sie über die Entstehungsgeschichte von dem Ding, und sie wusste unheimlich viel und brachte die Deutschlehrerin völlig aus dem Konzept. Cornelia verkündete das alles mit solcher Bestimmtheit und gleichzeitig völlig cool, und jeder konnte sehen, dass sie die Deutschlehrerin lächerlich fand, weil sie den *Faust* eigentlich nicht kapierte, denn sie konnte nur so lauwarme Dinge sagen, wie dass Cornelias Interpretation sehr interessant sei und dass man dem aus Sicht der Literaturwissenschaft aber nicht zustimmen könne, aber letztendlich konnte sie nicht erklären, warum Cornelia nicht recht haben sollte, und natürlich musste sie ihr auch auf jede Arbeit, die sie darüber schrieb, ein »Sehr gut« geben, weil sie einfach haarscharf durchdacht waren und außerdem noch ziemlich gut geschrieben.

Mir gefiel das, was Cornelia über den Faust sagte, total gut, und das sagte ich ihr dann auch, und wir kamen irgendwie ins Gespräch, und Cornelia sagte, dass der Faust ein satanistisches Werk sei und dass man den Mephisto als Satan in diesem Sinn verstehen müsse. Sie sagte, dass Satanismus für sie nichts mit kindischen schwarzen Messen, Blutopfern und solchem Zeug zu tun habe, für sie war es eben diese Philosophie, die an Individualismus, Ästhetik und Egoismus glaubt und gegen die verlogene Liebes- und Rücksichtsscheiße gerichtet ist, und das fand ich gut. Ich meine, ich hatte nicht die Absicht, auch Satanistin zu werden, aber es war interessant, mit Cornelia zu reden, und ich fand sie überhaupt ziemlich cool. Ich meine, sie hatte so eine Art, die ziemlich erwachsen war, unter den ganzen Scheißkindern stach sie total hervor, und sie beteiligte sich nicht am allgemeinen Klassenzeug und den ganzen kindischen Sachen, sondern blieb immer ganz ruhig im Hintergrund, saß in ihrer Bank und las und machte den Mund nur auf, wenn sie wirklich etwas zu sagen hatte, und dann redete sie eben wie eine Erwachsene, ziemlich gescheit, und ich hatte Lust, sie mal mitzunehmen, wenn ich mit Klara herumzog und auf der Straße abhing, aber Klara wollte davon nichts wissen. Sie sagte, dieses Satanismusgerede sei doch krank, und Cornelia habe sie nicht alle, und was verstehe die schon von uns und unserem Leben, und sie fragte mich, was ich von diesem Gruftie wollte, und ob sie mir nicht mehr gut genug sei, und stellte gleich unsere ganze Freundschaft in Frage und machte ein ziemliches Affentheater aus dem kleinen Gespräch, das ich mit Cornelia gehabt hatte, und das nervte mich ziemlich, weil man sowieso so selten Leute trifft, die man gut oder interessant findet, und bei Cornelia hatte ich das Gefühl, dass sie noch mehr drauf hatte als den Faust-Mephisto-Trip, und ich hätte sie gern näher kennengelernt, aber das konnte ich mir zumindest für die nächste Zeit abschminken, denn Klara war ziemlich sauer, und ich hatte keine Lust, mir ihre schlechte Laune über Tage oder womöglich noch länger reinzuziehen, und darum hing ich weiter mit ihr alleine herum, und damals begannen wir, ziemlich oft die Schule zu schwänzen und gingen immer in ein Café, in dem man bei einem Glas Milch für einen Euro fünfzig den ganzen Vormittag sitzen konnte.

Ich weiß nicht, wie viele Stunden wir in diesem Café verbracht haben, aber es waren sehr viele, und die Kellnerin kannte uns ziemlich gut, obwohl man nicht sagen kann, dass sie uns mochte, sie war eher immer schlecht auf uns zu sprechen, weil wir stundenlang bei unserem Glas Milch saßen und dann auch noch kein Trinkgeld gaben, und außerdem lachten wir ihr wahrscheinlich viel zu viel und störten die Ruhe des Kaffeehauses, und manchmal waren wir auch ganz blöd drauf und hängten zum Beispiel unbemerkt die Bilder an den Wänden um oder setzten uns unter den Tisch, wenn niemand hersah oder machten sonst welches ziemlich kindische Zeug, das uns totalen Spaß machte und Erwachsene ärgert, weil sie allen Spaß am Leben schon vergessen haben, aber wir gingen trotzdem weiter hin und ließen die Kellnerin ihre schlechte Laune haben, und wir hatten dort definitiv eine coolere Zeit, als wenn wir in der öden Schule abgehangen wären und den Idiotenhaufen dort ertragen hätten müssen.

Klara konnte die Unterschriften von ihrer und meiner Mutter perfekt nachmachen, und so hatten wir auch kein Problem mit unentschuldigten Fehlstunden, obwohl es mit der Zeit natürlich ziemlich auffiel, dass wir immer gemeinsam fehlten, aber wir dachen, solange wir die Entschuldigungen bringen, passt das schon, und sonst machten wir uns keine Gedanken. Was uns beschäftigte, war zum Beispiel die Frage, wie man den Musikautomaten in unserem Café austricksen konnte oder wie man die Kellnerin doch einmal zum Lachen bringen könnte, und wir versuchten es damit, sie wie freundliche Hunde anzubellen, wenn wir unser Glas Milch bestellten, und so gingen die Tage dahin, und dann saß auf einmal dieser Typ allein an einem Tisch neben uns und saß stundenlang da und las keine Zeitung und kein Buch und telefonierte nicht und machte einfach überhaupt nichts und sah sich nur die ganze Zeit um.

Er trug eine Glatze, die war aber nicht auf Gabber oder Skin, und er hatte einen feinen hellgrauen Anzug an, der ihm total gut stand, und er sah absolut interessant aus, und ich war vom ersten Augenblick an von ihm fasziniert und wollte ihn unbedingt kennenlernen, aber ich hatte auch Schiss davor, weil ich echten Respekt vor ihm hatte, aber gleichzeitig durfte ich die Gelegenheit auf keinen Fall verpassen, denn vielleicht käme er nie wieder hierher und dann hätte ich nie erfahren, wie er drauf ist, wenn er redet, und wann habe ich schon jemals einen Typen total interessant gefunden, und komischerweise fand auch Klara ihn cool, und darum überwand ich meine Angst und ging zu ihm hin und schnorrte ihn um eine Zigarette an, und er gab mir eine. Er hatte wahnsinnig schöne braune Augen mit gelben Punkten in der Iris und ganz lange, dunkle, aufgebogene Wimpern, und seine Hände waren sehr schmal, und als er mir Feuer hinhielt, zitterte meine Hand unglaublich stark, und natürlich sagte er auch jetzt kein einziges Wort, er hatte nicht mal Ja gesagt, als ich ihn um die Zigarette gefragt hatte, aber er schaute mich ganz intensiv an, und dann fragte ich ihn, wie er heiße, und er sagte, Niemand, und dann erfasste mich plötzlich ein absurder Mut und ich fragte ihn, ob er sich zu uns setzen wolle, und er sagte wieder nichts, sondern stand auf, packte seine Zigaretten und sein Feuerzeug und ging rüber zu unserem Tisch.

Da saßen wir jetzt zu dritt, und mein Herz klopfte wie wild und in meinem Bauch tanzten die Schmetterlinge, die Angst und etwas Geiles bedeuteten, und meine Hände waren feucht, und ich musste ständig diesen Niemand ansehen mit seinen schönen Augen und ich bemühte mich, ihn nicht zu auffällig anzustarren, und ich hatte keine Ahnung, worüber wir reden hätten können, und traute ich mich nicht, einfach irgendwas zu sagen, und er sagte auch nichts, und Klara auch nicht viel, und so saßen wir den ganzen Vormittag und redeten fast überhaupt nichts, aber es war irgendwie absolut toll und gleichzeitig völlig stressig, und ich war so nervös, dass ich eine Zigarette nach der anderen rauchte, bis mir total schlecht war, aber ich hätte noch ewig so sitzen können mit Klara und Niemand bei meinem Glas Milch, aber da sagte er, er ginge jetzt, und dann stand er auf und war weg, und in mir machte sich eine ganz traurige Leere breit.

Was war das jetzt, sagte Klara, als er gegangen war, und ich sagte: Weiß nicht, ich glaube es hat mich erwischt, und sie sagte: Das glaube ich auch, und in dem Moment fand ich Klara wieder so cool, und ich verzieh ihr alles, womit sie mich schon genervt hatte, weil sie mich eben doch ein bisschen verstand und manchmal sogar sehr, und sie verstand auch, dass ich jetzt gehen wollte oder besser gesagt musste, denn ich war völlig fertig, ich fühlte mich wie nach einem Marathon oder als hätte ich eine Grippe, und mir war totenübel von den tausend Zigaretten, die ich geraucht hatte, und mein Magen war flau, und in meinem Kopf war nur der Gedanke, dass ich es nicht ertragen würde, wenn ich Niemand nicht wiedersehen würde, und ich musste ins Bett.

Zu Hause machte ich mir Kamillentee, und kaum hatte ich mich hingelegt, fingen die Schmetterlinge in meinem

Bauch zu tanzen an, und das war schön und schrecklich zugleich, denn eigentlich machte mir das echtes Bauchweh und mir wurde noch schlechter, als mir sowieso schon war, und mein Herz klopfte wieder wie verrückt, und dann sah ich Niemands braune Augen mit den gelben Punkten in der Iris vor mir, und sie rückten näher und ferner und wieder näher und ferner, und ich dachte, ich drehe durch. Den Rest des Nachmittags beschäftigte ich mich ausschließlich damit, mir den Vormittag in allen klitzekleinsten Einzelheiten wieder auszumalen, und ich versuchte jeden Blick und jede Geste und jedes Wort von Niemand zu analysieren, um rauszufinden, was er wohl von mir hielt, aber es gelang mir überhaupt nicht, und ich hatte keine Ahnung, ob er etwas an mir fand oder nicht, und das brachte mich fast um, und dann begann ich wieder von vorne damit, den ganzen Vormittag durchzudenken, und ich erinnerte mich an jede Kleinigkeit, bevor ich an seinen Tisch gegangen war, damit es länger dauerte, bis ich zu dem Wahnsinnsaugenblick kam, wo er mir das erste Mal in die Augen gesehen und mir Feuer gegeben hatte, und die Vorstellung dieses Wahnsinnsaugenblickes versuchte ich so lange wie möglich auszudehnen, und dann kamen die anderen Wahnsinnsaugenblicke dran, wie er an unserem Tisch gesessen hatte, und so ging das dahin, und die Schmetterlinge in meinem Bauch tanzten Pogo, und ich dachte, dass verliebt sein eigentlich ein schrecklicher Zustand ist. Es geht einem total schlecht, der Körper wird schwach und der Geist vollkommen verrückt und besessen, und es hat nichts mehr Platz außer das Eine, man ist irgendwie schwer krank und müsste eigentlich behandelt und in eine Anstalt gesperrt werden, damit der ganze Wahnsinn, der sich im Kopf aufbaut, nicht in einer Katastrophe endet, und das Schlimmste ist definitiv dieses Schmetterlingsbauchweh, das einem die totale Übelkeit bringt und einen in jeder Sekunde daran erinnert, dass man wahnsinnig geworden ist.

So ging mein Nachmittag im Wahnsinn dahin, und dann kam das, was noch schlimmer war als das Schmetterlingsbauchweh, und das war, dass die Zeit so irrsinnig langsam verging. Die Minuten zitterten wie Tropfen an einem Wasserhahn, den man nicht ganz zugedreht hat, und es dauert immer eine Ewigkeit, bis sich ein einziger Tropfen tatsächlich dazu entschieden hat, endlich herunterzufallen, und ich wollte nichts mehr als die Zeit hinter mir zu lassen, damit endlich morgen wäre und ich wieder ins Café gehen könnte, um Niemand zu sehen, aber in Wirklichkeit war alles wie in einem Traum, wo man ein halbes Leben erlebt und es sind nur drei Sekunden vergangen. Blöderweise fiel mir auch wieder meine Formel von *Jetzt ist jetzt, und dann ist noch lange nicht* ein, und das machte alles noch schlimmer, weil mir jetzt bewusst war, dass ich eben scheißnochmal in diesen elenden Sekunden lebte und es deshalb eigentlich wie eine Illusion war, dass irgendwann einmal morgen sein würde, und am besten wäre es gewesen, wenn ich gleich schlafen gegangen wäre, um die verdammte Zeit zu überwinden, aber natürlich war ich so was von hellwach wie sonst nie, und ich schlief sowieso die halbe Nacht nicht, und trotzdem war ich am Morgen vollkommen munter, und alle meine Antennen waren auf Empfang, und natürlich tanzten die Schmetterlinge in meinem Bauch wieder Pogo, und alles in allem war ich so dünnhäutig, dass der kleinste Windhauch mich zum Heulen hätte bringen können.

Ich traf mich mit Klara wie immer an der Ecke, wo ihr und mein Schulweg sich kreuzen, und dann gingen wir in Richtung Café, und mir war so schlecht vor Angst und

Erwartung, dass ich fast gekotzt hätte, als wir das Café betraten, und natürlich war Niemand nicht da. Sofort machte sich wieder die traurige Leere in mir breit, ich war so enttäuscht wie überhaupt noch nie in meinem Leben, und ich fand meine Existenz auf einmal völlig sinnlos, und es war einfach typisch für mich, dass ich einmal etwas Geiles erlebte und dann war es sofort wieder weg und kam natürlich nie wieder, und Niemand hätte mich vielleicht retten können vor allem Wahnsinn und aller Öde, und niemand anderer als Niemand wäre dazu imstande, aber er war eben weg, und vermutlich würde ich das nicht überleben. Ich hörte fast nicht, was Klara sagte, ihr Gerede rauschte an mir vorbei, und ich sah die ganze Zeit Niemands Augen vor mir, und dann ging die Tür auf, und er kam herein, und er sah sich kurz im Raum um und dann setzte er sich an unseren Tisch, als wären wir da schon immer zu dritt gesessen.

Die Schmetterlinge in meinem Bauch sprangen mir bis zum Hals hoch, mein Herz klopfte wie verrückt, und obwohl ich jetzt unbedingt eine Zigarette gebraucht hätte, konnte ich mir keine anzünden, weil ich so zitterte, dass sie mir aus der Hand gefallen wäre, und ich wollte natürlich auf keinen Fall, dass Niemand das sah und womöglich etwas mitbekam von meinem Zustand. Zum Glück begann Klara ganz normal mit ihm zu reden, sie fragte ihn, was er mache und so Zeug, und er sagte, er mache nichts im herkömmlichen Sinn und er beschäftige sich mit Literatur und Film, und er hatte die tollste Stimme, die ich je gehört hatte, und er trug wieder einen coolen Anzug und Schuhe, die ich sonst ziemlich uncool gefunden hätte, aber an ihm sahen sie stylish aus und ganz speziell, und Klara und er sprachen dann über Filme, und Klara redete so ganz normal darüber, wie sie es immer tat, und das hätte ich nie gebracht vor ihm, und so sagte ich nichts und hörte den beiden zu, und die Zeit verrann jetzt wie ein Wasserfall, und ich hatte Angst, dass der Wasserfall versiegen würde, aber dann fragte Niemand, ob wir Lust hätten, etwas zu rauchen, und zum Glück sagte Klara gleich ja, denn ich konnte ja nicht, und wir zahlten unsere Getränke und gingen in den kleinen Park neben dem Café.

Dort zog Niemand einen perfekten Joint aus seinem Sakko, und wir setzten uns auf die Lehne einer Parkbank und rauchten, und das Gift war gut und breitete sich in mir aus, und ich wurde weich und Melodien kamen in meinem Kopf und ich wippte auf der Lehne, und Niemand saß so nah neben mir, dass sein Körper meinen berührte, und das machte mich absolut glücklich, und er blies Kringel mit dem Rauch und lächelte mich an, und dann stieß er mich sanft in die Seite und legte seine Hand in meinen Nacken und zog mich zu sich und küsste mich, und das war sowieso der beste Kuss, den ich in meinem ganzen Leben bekommen habe, und ich dachte, ich wäre im schönsten Traum, den es gibt, und neben mir sang Klara leise vor sich hin, und Niemand begann, mit den Fingern dazu zu schnippen, und ich spürte die Wärme seines Körpers an meinem ganz intensiv, und ich fühlte die kleinen Bewegungen, die er machte, während er schnippte, an meiner Seite, und das gab mir jedes Mal einen kleinen Schlag wie sanfter Strom, und ich war der glücklichste Mensch der Welt.

Klara ging irgendwann heim, und ich blieb mit Niemand im Park, er hielt seine Hand in meinem Nacken, und wir küssten uns noch ein paar Mal, und jedes Mal war es so sanft und so geil zugleich, und es schaltete mir sämtliche anderen Gedanken aus, ich war nur in dem Kuss und es gab nichts auf der Welt, was besser und schöner gewesen wäre, und später wollte Niemand einen Film ansehen gehen, und er lud mich ein, und wir sahen irgendeine Science-Fiction in einem schmuddeligen, kleinen Kino, aber ich bekam absolut nichts von dem Film mit, weil ich nur mit den Gedanken an mein Glück beschäftigt war, und ich war so stolz, neben diesem perfekten Typen im Kinosessel zu sitzen und später an seiner Seite rauszugehen auf die Straße, und dann begleitete er mich noch nach Hause, und es war klar, dass wir uns am nächsten Tag wiedersehen würden und dass wir zusammen waren.

Als ich ins Haus kam, stand mein Vater im Vorzimmer und sah mich irgendwie komisch an, und ich wollte mich an ihm vorbeidrücken und so schnell wie möglich in meinem Zimmer verschwinden, aber er fragte plötzlich mit schneidender Stimme, wer das gewesen sei, mit dem ich da vor der Haustür geknutscht habe, und das nervte mich wahnsinnig und darum gab ich ihm auch keine Antwort und schleuderte nur meine Schuhe in eine Ecke, aber er trat mir in den Weg und sagte, ich solle ihm gefälligst antworten, und dann knurrte ich: Es war Niemand. Plötzlich drehte mein Vater vollkommen durch, er begann zu schreien und schrie mich an, was ich mir einbildete, so mit ihm zu reden, ich hätte ihm jetzt auf der Stelle zu sagen, wer das war und woher er kam und was er im Leben tat, und sein bescheuerter Tonfall und sein autoritäres Gehabe machten mich völlig fertig und zerstörten mir alles, was vorher gewesen war, und dann schrie ich, das sei eben Niemand und woher er komme, wisse ich nicht, und er mache nichts im Leben, und überhaupt gehe ihn das sowieso so was von gar nichts an, und dann wurde mein Vater noch wütender, und er schrie, er verbiete mir, diesen Typen wieder zu treffen, und wenn ich es doch täte, könnte ich ihn ein für alle Mal vergessen, und das war mir zwar egal, aber ich wusste, wenn mein Vater mir etwas verbot, dann meinte er es ernst und er würde alles tun, um mir das Leben zur Hölle zu machen, wenn ich mich nicht daran hielt, und auf einmal erfasste mich die vollkommene Verzweiflung, und ich schrie, er solle mich doch in Ruhe lassen, und er sagte noch etwas, aber ich verstand es nicht, und da war es wieder, mein beschissenes Leben, keiner ließ mich meine Sachen machen, alle machten mir Vorschriften wie einem kleinen Kind, und niemand verstand, dass ich mein eigenes Leben führen wollte und konnte und musste, und mein Vater hatte keine Ahnung von mir und meinem Leben, und er konnte nur alles, was schön war, zerstören, und ich wusste, jetzt würde es mit Niemand elend schwierig werden, und ich würde ihn immer verstecken müssen und mich mit ihm verstecken, und das machte mich wahnsinnig traurig, und ich legte mich ins Bett und heulte wie ein kleines Kind.

Papers

Ich sah Niemand trotzdem fast jeden Tag. Immer, wenn Klara und ich die Schule schwänzten und ins Café gingen, kam er auch hin, und ich begann auch alleine die Schule zu schwänzen, und dann trafen wir uns zu zweit im Café. Auf eine komische Art war es aber so, dass es mir lieber war, wenn Klara mit dabei war, denn ich stand zwar total auf Niemand, aber ich konnte mit ihm nicht wirklich reden. Irgendwie kam mir alles, was ich sagen hätte können, so blöd vor, mein ganzes Leben so lächerlich, und selbst die coolen Dinge wie die Diebeszüge mit Klara klangen wie Kindereien, wenn ich sie ihm erzählte. Von der Schule konnte ich schon gar nicht reden, und viele der Dinge, die für Klara und mich geil waren, konnte man nicht erzählen, weil kein Außenstehender sie verstehen würde, und wenn ich es mal doch versuchte, funktionierte es nicht, weil ich vor Schüchternheit so unterkühlt und monoton redete, dass seine Reaktion logischerweise genauso unterkühlt sein musste, und das machte mich dann auch wieder fertig, und darum sagte ich meistens nur sehr wenig, wenn wir zusammen waren, obwohl ich glaube, dass Niemand es lieber gehabt hätte, wenn ich geredet hätte, und wahrscheinlich hätte er das, was ich gesagt hätte, wenn ich normal gesprochen hätte, gar nicht so blöd gefunden, denn wenn Klara mit ihm einfach so dahinredete, hörte er ihr immer gern zu, und sie lachten und unterhielten sich einfach gut, während ich ziemlich stumm dasaß und eine Zigarette nach der anderen rauchte, und manchmal ging es mir echt schlecht dabei, weil ich eigentlich auch gern mitgemacht hätte, aber da war so eine Sperre in mir, dass ich einfach nicht konnte.

Klara sagte manchmal, ich hätte mich so verändert und sie kenne mich nicht wieder, wenn ich stumm wie ein Fisch dasäße, sie sagte, sie vermisse mein Lachen und meine blöden Ideen, und ich sagte es zwar nicht, aber sie wusste, dass es wegen Niemand war. Sie zog aber nicht über ihn her und machte ihn nicht schlecht, und ich wusste, sie fand ihn selbst cool, und es war okay für sie, dass ich mit ihm zusammen war, und das war immerhin etwas Gutes neben der Scheiße mit meinem Vater, denn es half mir auch dabei, Niemand abends treffen zu können. Zu Hause sagte ich immer, ich ginge mit Klara weg oder würde bei ihr übernachten, und Klara deckte mich dabei, und das war wichtig, weil mein Vater seit diesem Abend, an dem er mir verboten hatte, Niemand zu treffen, natürlich misstrauisch war und nicht glaubte, dass ich mich an sein Verbot halten würde, und darum kontrollierte er auch immer, ob ich wirklich bei Klara war. Wir machten es dann immer so, dass ich zuerst zu Klara ging und von dort aus zu Hause anrief, sodass meine Eltern Klaras Nummer auf dem Display ihres Telefons sahen, und dann traf ich mich mit Niemand, und wochentags schlich ich mich oft nachts aus dem Haus, und er holte mich mit seinem Motorrad ab, und dann fuhren wir für ein, zwei Stunden in irgendein chilliges Lokal und tranken dort zwei Wodka und hielten uns aneinander fest, und dann brachte er mich wieder nach Hause.

Wenn ich Niemand nicht sah, hatte ich extreme Sehnsucht nach ihm, jede Sekunde ohne ihn kam mir sinnlos und vergeudet vor, die Zeit wurde mir total zähe und zitterte wieder wie die Tropfen am nicht ganz zugedrehten Wasserhahn, bis sie endlich herunterfiel und vorbei ging, und ständig hatte ich die Schmetterlinge im Bauch und konnte nichts essen, und meine Nerven lagen blank, und trotzdem war ich glücklich. Wenn ich allein zu Hause war, schrieb ich Niemand oft Briefe, ich schrieb ihm, wie ich mich fühlte, wenn ich ihn nicht sah und ihn vermisste, und wie unendlich langsam die Zeit ohne ihn für mich war und wie schnell mit ihm, ich schrieb ihm die kitschigsten Sachen darüber, was er für mich bedeutete, aber ich schickte diese Briefe nie ab, weil sie mir zu kindisch und zu pathetisch vorkamen, aber immerhin halfen sie mir ein bisschen, meine Sehnsucht nach ihm zu ertragen, und die Zeit herumzubringen, bis ich ihn wieder sehen konnte.

Wenn wir uns trafen gingen wir in ganz andere Lokale als die, in denen Klara und ich Stammgäste waren, die Leute dort waren älter und die Musik war anders, und alles war irgendwie cooler und ruhiger, und oft trafen wir uns auch bei ihm. Niemand wohnte bei seinen Eltern, und sein Zimmer war eine einzige Bibliothek, an allen Wände standen Regale, da drin waren sicher Tausende Bücher, Filme und Musik-CDs, und sonst gab es nur noch ein großes Bett und einen Flatscreenfernseher. Als ich das erste Mal zu ihm kam, war ich ziemlich nervös, und ich hatte Angst, mit seinen Eltern reden zu müssen, aber sie waren nicht da oder tauchten nicht auf, und Niemand schenkte mir einen Cognac ein, und es lief elektronische Musik, die ich überhaupt nicht kannte, und mein Herz klopfte und meine Hände schwitzten, und dann setzten wir uns auf das Bett und knutschten ein bisschen rum, und er begann, mich langsam und sehr vorsichtig auszuziehen, und ich wurde ziemlich heiß und wollte sofort mit ihm schlafen, und dann legte er seinen Kopf zwischen meine Beine und er sagte, dass ich wunderschön sei, und mein ganzer Körper wurde so weich wie Pudding, und heiße Wellen durchzitterten mich, und meine Möse klopfte wie verrückt, und dann schliefen wir miteinander, und es war absolut geil und richtig schön, und Niemand hatte eine tollen Körper, und ich hielt mich an ihm fest, während er in mir drin war. Alles kam mir perfekt vor, und jetzt wusste ich, dass es mit Hakennase echt Scheiße gewesen war, aber ich war trotzdem froh, dass ich es schon einmal gemacht hatte, und ich wünschte mir nicht, dass ich es mit Niemand das erste Mal gemacht hätte, doch ich war glücklich, dass ich es mit ihm gemacht hatte, und wir machten es danach noch oft, und es war jedes Mal echt gut, und mit der Zeit wurde es sogar noch besser, und ich kam, wenn er mich streichelte und einmal sogar, als wir miteinander schliefen. Danach blieben wir meist nackt im Bett liegen und zogen uns einen Film rein, und manchmal rauchten wir einen Joint dazu, und Niemand hielt mich fest, und ich fühlte mich absolut gut.

Wenn wir nicht bei ihm waren, gingen wir zu seinen Freunden, und das war immer ziemlich abgefahren. Diese Leute hatten alle Drogen, die es gibt, und sie nahmen sie, als wären sie Zigaretten oder Wasser, sie nahmen Koks und Heroin und Extasy und LSD und Haschisch und jede Menge Alkohol sowieso, und sie hörten alle diese schräge elektronische Musik, die total künstlich klang, und mit Essen machten sie immer ein Affentheater, weil sie auf die Drogen so viel Appetit bekamen, und dann aßen sie und schwärmten von dem, was sie aßen, und sie aßen stundenlang, und dann nahmen sie wieder Drogen und aßen wieder und so ging das nächtelang, und dazu spielte es diese unterkühlte elektronische Musik.

Anfangs hatte ich Angst vor Niemands Leuten, sie waren alle viel älter als ich, und kein Mensch musste in die Schule gehen, und ich denke, viele von ihnen machten so wie Niemand einfach nichts im Leben, und oft redeten sie über Sachen, die ich nicht verstand, und ich kam mir dann klein und dumm vor, aber eigentlich waren die meisten sehr nett zu mir, sie redeten mit mir, als wäre ich eine von ihnen, und so gewöhnte ich mich an sie, und dann traute ich mich auch, den Mund aufzumachen, und es war ganz normal. Nur mit Niemand konnte ich noch immer nicht normal reden, und das machte mich fertig, aber er war immer süß zu mir und kam oft her, um irgendwas zu mir zu sagen oder mir einen Kuss zu geben oder mich zu halten, und ich dachte, es ist Scheiße, dass ich nicht reden kann, und er hat eigentlich keine Ahnung, wer ich wirklich bin, aber ich kann es nicht ändern.

Nur manchmal, wenn wir zusammen etwas rauchten, löste sich die Sperre in mir, und dann faselte ich ihm mein bekifftes Zeug vor und fand nichts dabei, und er lachte mit mir darüber, oder er sagte, er fände genau den Gedanken genauso abgefahren wie ich, und darum liebte ich es besonders, mit ihm zusammen Haschisch zu rauchen. Überhaupt bekam ich ziemliche Lust auch auf die anderen Drogen, aber Niemand nahm mit mir zusammen nichts anderes als Haschisch, nur einmal waren wir in einer ganz strangen Disco außerhalb der Stadt, und dort warfen alle Trips ein, und er gab mir auch einen.

Es war so ein winziges, viereckiges, weißes Blättchen mit einer kleinen Sonne drauf, und es sah absolut harmlos aus, und ich schluckte es, ohne mir viel zu denken, und ich spürte nichts, aber plötzlich wurde Niemand ganz komisch. Er bekam einen irren Speed und redete ohne Pause über die abgefahrensten Sachen, und ich verstand nichts von dem, was er sagte, und auf einmal stürmte er aus der Disco, und in der Nähe war ein Rapsfeld, da rannte er hinein, rannte kreuz und quer darin herum, warf sich auf den Boden, sprang wieder auf, begann die gelben Blüten abzureißen und in die Luft zu werfen, und zu alledem lachte er wie ein Besessener. Als ich das sah, bekam ich ein bisschen Angst, und zugleich verstand ich nicht, warum ich überhaupt nichts von dem Trip spürte, und ich hatte Sehnsucht, auch so irre drauf zu sein und mit Niemand durch das Rapsfeld zu laufen und wie wahnsinnig zu lachen, aber bei mir tat sich nichts, und dann kam Niemand zurückgelaufen und er rannte in die Disco, und dann kam er mit den drei anderen, mit denen wir hergekommen waren, heraus und wir stiegen in das Auto von dem einen Typen, der nichts genommen hatte, und fuhren zurück in die Stadt. Niemand begann auf einmal, von meinem Vater zu reden, er war sauer auf ihn, und er erzählte mir, er stelle sich meinen Vater vor, wie er in Unterhosen auf seinem sandenden Boden herumstampfte, und diese Vorstellung brachte ihn so zum Lachen, dass er sich kaum mehr halten konnte, aber mir wurde dabei ganz komisch zumute. Ich saß da stocknüchtern neben drei fremden Leuten und einem durchgedrehten Niemand, und der machte sich über meinen Vater lustig, und das durfte er nicht. Klar ist mein Vater ein unmöglicher Spießer, aber das Recht, das zu sagen und sich über ihn lustig zu machen oder ihn zu beschimpfen, habe nur ich, und auch wenn es seltsam ist, es verletzt mich, wenn andere das tun, höchstens Klara, die mich und mein Leben schon so lange und so gut kennt, würde ich das erlauben, aber nicht Niemand, und er lachte und lachte weiter und japste was von der Unterhose, und mir zog sich das Herz zusammen, und ich wollte ihn auf andere Gedanken bringen und ihm sagen, er solle aufhören, aber ich konnte nicht und selbst wenn, hätte das wahrscheinlich nichts genützt, denn er war so drin in seiner Tripfantasie, dass nichts und niemand ihn da rausgebracht hätte, aber dann parkte der Typ am Steuer des Autos vor einem Haus ein, und ein anderer, der dort wohnte, stieg aus, und das brachte Niemand dann doch von seiner Fantasie weg. Er sprang auch aus dem Auto und rannte ein paar Runden darum herum, und plötzlich fuhr mir der Trip ein wie ein Blitz, und ich sah, wie sich das Dach des Autos auf mich herabsenkte, er faltete sich wie Gesteinsformationen zusammen und wieder auseinander und zusammen und auseinander und kam immer weiter auf mich herunter, und auf einmal erfasste mich ein Lachen von einer Gewalt, wie ich sie noch nie gespürt hatte, und es warf mir den Kopf hintenüber zurück, und ich begann zu lachen wie eine Irre und lachte und lachte, mein ganzer Körper lachte, und ich hatte das Gefühl, das würde nie wieder aufhören. Ich zuckte, und es schüttelte mich wie wahnsinnig, und aus meinen Hals kam ein kehliges Lachen, das ich sonst überhaupt nicht von mir kenne, und ich dachte, Wahnsinn, so ist das also. Ich saß da im Fonds des Autos, mein Kopf war zurückgebogen und lag auf der Ablage auf, und ich gab mir diesen Irrsinn, und es gefiel mir wahnsinnig gut, aber dann kam Niemand von seinem Lauftrip zurück und stieg wieder ein, und ich hörte, dass er Scheiße sagte und auf einmal ganz ruhig wurde. Das Auto fuhr wieder los, und Niemand hielt mich fest und sagte ständig, ich solle mich beruhigen, und dann hörte ich, wie er zu dem Fahrer sagte, er solle schnell machen und ganz cool fahren, nichts könnten wir jetzt weniger gebrauchen als eine Kontrolle, und er hielt mich und schüttelte mich, aber mein Lachen schüttelte mich schon in einem ganz anderen Rhythmus, und ich fand es total blöd von ihm, dass er mich von diesem wundervollen Trip runterholen wollte, und mein Kopf lag auf der Ablage wie festgeklebt, und das herrliche kehlige Lachen quoll ohne Ende aus mir heraus.

Irgendwann kamen wir bei Niemands Haus an und er zog mich aus dem Wagen, und ich lachte und lachte weiter, und er schob und schleppte mich in die Wohnung hinauf und sagte, ich solle bloß die Klappe halten, wenn wir zur Tür reinkämen, und irgendwie landeten wir in seinem Zimmer und auf dem Bett, und mein Blick fiel auf die Bücherwände, und auf einmal begannen die bunten Buchrücken zu tanzen und zu fließen, und die Farben rannen die Regale hinunter auf den Boden und sammelten sich dort zu einem bunten Meer, und ich wusste, diese Flüssigkeit muss heiß wie Lava sein, und das Meer floss immer näher an meine Füße heran, und auf einmal bekam ich eine Scheißangst, und ich wollte, dass diese Farben verschwänden und überhaupt alles wieder normal würde, und ich versuchte, mich zu konzentrieren um herunterzukommen, wie man es bei Alk oder Shit machen kann, aber es ging nicht, die Bücher zerflossen weiter, und die Farben bedrohten mich, und auf einmal ging es mir elend schlecht, und ich wünschte, ich hätte diesen verdammten Trip nie genommen, und ich wusste, dass Niemand gesagt hatte, ein Trip dauere zwölf Stunden, und dann rollte ich mich auf ein ganz kleines Häufchen zusammen und hoffte, ich könne einschlafen oder sonstwie verschwinden.

Niemand beschäftigte sich in der Zwischenzeit intensiv mit seinen Zigaretten. Er rauchte eine nach der anderen und starrte fasziniert auf die Glut, und er wollte unbedingt, dass ich auch darauf schaue, er sagte, in der Glut laufe ein Film ab, bei jeder Zigarette ein anderer, und die seien alle total abgefahren, aber das interessierte mich überhaupt nicht, und ich wollte keine Glutfilme sehen, mir reichten die flüssigen Bücher, und Niemand war mir absolut unheimlich, denn er kicherte ganz komisch und hämisch, während er die Zigaretten vor seinen Augen drehte und wendete, und in diesen Augenblicken war ich mir sicher, dass er eigentlich ein böser Mensch war, der mir Böses wollte, und dann wollte er mir auch noch unbedingt an die Wäsche, und ich konnte es absolut nicht ertragen, dass er mich anfasste, dass irgendjemand mich anfasste, und er verstand das nicht und kicherte sein hämisches Lachen und fingerte an mir herum, und mir war zum Heulen, und ich stieg aus dem Bett und legte mich auf den Boden in das bunte Büchermeer, und irgendwann schlief ich endlich doch ein, und als ich am nächsten Tag aufwachte, war mir noch immer elend zumute, und ich hatte ein ganz komisches Gefühl Niemand gegenüber, und ich wollte schnell weg von ihm und nach Hause.

Fabian

Nach dieser Nacht nahm ich keine Trips mehr. Es war nicht so, dass ich es nicht gewollt hätte, im Gegenteil, nach ein paar Tagen kam mir diese Nacht einzigartig vor, und vor allem hatte ich absolute Sehnsucht nach diesem alles umfassenden Lachen, und ich wollte es wieder erleben und vor allem auch einmal mit Klara erleben, und ich fragte Niemand, wann wir wieder einen Trip einwerfen könnten, aber er sagte, er würde das nicht mehr mit mir tun und er würde mir auch ganz sicher keine Trips für mich und Klara geben, und ich fand das total bescheuert von ihm, so richtig blöd erwachsen, aber ich wusste auch nicht, wo er das Zeug her hatte, und sonst kannte ich niemanden, der Trips verkaufte, und damit war das Ganze für mich zunächst mal gestorben.

Mit Niemand wurde es auch mühsam. Ich konnte ihm nicht verzeihen, dass er mich in Sachen Drogen wie ein kleines Kind behandelte, und gleichzeitig konnte ich immer weniger mit ihm reden. Diese komische Sperre wurde immer größer und mächtiger, und manchmal hatte ich fast schon Angst vor dem Alleinsein mit ihm, weil ich nicht reden konnte und weil ich auch nicht wusste, was ich reden sollte, und er redete dann auch nicht mehr viel, und alles lief bald nur mehr darauf hinaus, dass wir möglichst schnell miteinander ins Bett gingen, damit es nicht auffiel, dass wir uns nichts zu sagen hatten. Klar tat ich das noch immer gern, und Niemand war sowieso fast süchtig nach meinem Körper, aber es war auch schon wie eine öde Gewohnheit, dass wir die ganze Zeit fickten, und dann lernten Klara und ich auf einer Party, bei der Niemand nicht dabei war, Fabian kennen.

Es war eigentlich eine total öde Party mit dem üblichen Gesaufe, den Abschleppereien in die Zimmer und den Gemeinheiten gegen den Gastgeber, der wie verrückt herumrennen musste, um all die Zerstörungen von Möbeln, Geschirr und Teppichen im Rahmen zu halten und die Kotze wegzuwischen, und Klara und ich langweilten uns schon die längste Zeit und wollten eigentlich gerade gehen, da setzte sich dieser Typ neben uns, und auf einmal machte er eine Kerze auf dem Sofa, knallte dabei mit dem Hintern gegen ein Bild an der Wand, und dann kam er wieder runter, setzte sich aufrecht hin und sagte, er sei eben mit dem Hintern in den Straßen von San Francisco gewesen, und es sei echt cool gewesen, wir sollten es auch ausprobieren. Klara und ich fanden das ziemlich lustig, ich meine, das war genau unser blöder Humor, und wir machten dann auch Kerze auf dem Sofa, und an der Wand hingen lauter Städtebilder, und wir knallten mit dem Hintern nacheinander nach San Francisco, New York, New Orleans und Boston, und jedes Mal, wenn wir wieder runterkamen, hatten wir einen irren Lachkrampf, und der Typ, Fabian, lachte mindestens genauso wie wir, und als wir davon genug hatten, zog er ein ganz kleines, rotes Döschen aus seiner Hosentasche, in dem war eine Art Balsam, und er tupfte uns den Balsam auf die Stirn, dort wo das dritte Auge ist, und sagte, wenn es brennt, wäre es gut, dann würden alle unsere Probleme verschwinden, jedenfalls solange es brennt, und es brannte wie Feuer, und wir lachten und lachten, und die Welt war wunderbar.

Fabian gefiel uns beiden vom ersten Moment an, ich meine, es war nicht so, dass ich ihn besonders attraktiv gefunden hätte oder cool, er sah auch nicht gerade gut aus, eher ein bisschen komisch mit einer sehr langen Nase und schnittlauchdünnen Haaren, die ihm irgendwie ins Gesicht hingen, und seine Haut war sehr blass und seine Figur absolut nicht das, was mich anmachte, aber er war einfach superlustig und so gut drauf wie niemand anderer, den ich kannte, und er hatte ständig blöde Ideen, die oft noch besser waren als die von Klara und mir. Er kam mir irgendwie natur-stoned vor, denn für den Blödsinn, den wir trieben, brauchte er weder Alk noch sonst welche Drogen, und wenn wir zusammen waren, brauchte ich sie auch nicht. Mit Fabian war überhaupt alles anders als mit Niemand, ich fühlte mich gut und sicher mit ihm, ich konnte reden, soviel ich wollte, und sagen, was auch immer mir in den Sinn kam, und ich kam mir nie blöd dabei vor, weil wir alle drei gleich blöd waren und die gleichen Sachen lustig fanden, und wenn wir zusammen waren, machten wir eigentlich nichts anderes als Blödsinn, und wir lachten vom ersten Moment unseres Zusammenseins bis zum letzten, und wenn wir auseinandergingen, hatte ich immer noch Tränen in den Augen und Bauchschmerzen vom Lachen, und auch wenn ich wieder allein war und an das dachte, was wir gemacht und geredet hatten, musste ich für mich ganz allein weiterkichern, und in dieser Zeit fand ich mein Leben sehr angenehm.

An dem Tag der Party waren wir zu dritt von dort weggegangen, es war irgendwie so, als hätten wir uns gefunden, und es war klar, dass wir jetzt zusammenbleiben würden, das war auf eine seltsame Art magisch, und als wir das Haus verlassen hatten, standen wir auf einer breiten, hässlichen Straße, und obwohl es schon ziemlich spät war, rauschten immer noch viele Autos an uns vorbei, und wir standen da und hatten keine Lust uns zu trennen und nach

Hause zu gehen, und wir überlegten, was wir noch machen könnten und standen in einem Dreierkreis ziemlich nahe beieinander und steckten die Köpfe zusammen, und plötzlich legte Klara ihre Arme um mich und Fabian, und dann begann sie, meine Wange zu streicheln, und küsste Fabian, und dann küsste sie mich, und ich küsste sie, und Fabian küsste mich, und ich küsste Fabian und Fabian küsste Klara, und wir hielten uns umschlungen, und auf der großen, hässlichen Straße pfiffen die Autos an uns vorbei, und es war eine laue Nacht, und was wir taten, war absolut unschuldig und magisch.

Ich weiß nicht, wie lange wir an dieser hässlichen Straße standen und uns umschlungen hielten und küssten, ich weiß nur, dass wir auch dabei ein bisschen kicherten und alles sehr fröhlich war und auch aufregend, auf jeden Fall tauschten wir irgendwann unsere Telefonnummern und auch die Adressen aus, und Fabian meinte, wir sollten einander schreiben. Das fand ich zuerst komisch, aber als es dann begann, war es superklasse. Fabian bastelte die tollsten Ansichtskarten, und er schickte uns selbst gereimte Gedichte und Sprüche, die absolut abgefahren waren, und jeden Tag, wenn ich heimkam, war ich total gierig auf seine Karten und ziemlich enttäuscht, wenn es keine gab, und dann bekam ich auch Spaß am Basteln und Reimen, und auch Klara und ich schickten uns Karten, obwohl ich immer fand, dass die von Fabian einfach unschlagbar gut waren und dass meine nie an seine heranreichten, aber andererseits konnte ich auf die Sachen, die er schrieb, gut reagieren, und das Ganze automatisierte sich irgendwie, und bald war es ein einziger Kartendichtungskosmos, und die Karten hob ich mir alle auf, und manche hängte ich mir im Zimmer an die Wand über mein Bett, und das gab mir ein gutes Gefühl beim Einschlafen.

Eine Zeit lang war dieses Leben und Schreiben zu dritt ein echter Traum, aber dann wurde es schwierig wegen Niemand. Ich traf mich nicht mehr so oft mit ihm, weil es irgendwie immer anstrengend mit ihm war und ich viel lieber meinen Spaß mit Klara und Fabian hatte, und anfangs sagte ich ihm nichts von Fabian, aber irgendwann bekam er es mit und dann wurde er wütend. Er machte sich lustig über Fabians Aussehen und ließ ständig gemeine Bemerkungen fallen über unseren Mittelschulhumor, bei dem er eben nicht mithalten könne, wie er sagte, und er sagte, ich habe nun anscheinend etwas Besseres gefunden als ihn, und er habe mir eigentlich mehr Geschmack zugetraut, aber da habe er sich wohl getäuscht, und er wolle nicht wissen, worin er sich noch in mir getäuscht hatte, und unsere Treffen wurden irgendwie quälend, weil er ständig davon redete. Das machte mir noch weniger Lust, ihn zu sehen, und es trieb mich in eine Art Verteidigungshaltung für Fabian, ich wollte ihn irgendwie schützen vor Niemands Gemeinheit, und es kam mir so vor, als könnte ich das am besten, wenn ich ihn noch öfter träfe als bisher, und das tat ich auch.

Niemand hörte dann mit seinen zynischen Bemerkungen auf, aber es wurde nicht leichter für mich, denn jetzt wurde er traurig, und obwohl er nichts wusste von der Post zwischen Fabian, Klara und mir, begann komischerweise auch er, mir Briefe zu schreiben. Er schrieb mir seitenlang Dinge, die ich früher nur zu gern von ihm gehört hätte, er schrieb, wie er mich sah und was ich für ihn bedeutete, er schrieb mir Songtexte, von denen er fand, dass sie zu mir passten, er schrieb, dass er mich liebte und mich nicht verlieren wollte, er schrieb, dass er absolut einsam sei ohne mich, er schilderte mir sein trauriges Leben und schrieb, dass alles, was er ohne mich tat, sinnlos für ihn sei, er schrieb, er hätte noch nie ein Mädchen so geliebt wie mich, er schrieb, er könne sich keine andere an seiner Seite vorstellen als mich, er schrieb, er habe noch nie so fein gevögelt wie mit mir und hätte noch nie so eine Schönheit gehabt wie mich. Das alles machte mich ziemlich traurig, weil ich nicht gewusst hatte, wie einsam und leer Niemand sich immer gefühlt hatte, und es bedrückte mich, dass er meinetwegen so fertig war, und ich hatte ein schlechtes Gewissen und ein mieses Gefühl, wenn ich daran dachte, und ich musste oft daran denken, denn er schrieb mir viele Briefe, und auch wenn ich keinen Brief bekam, konnte ich die anderen nicht vergessen. Ich kam mir schlecht vor, dass ich mich überhaupt mit ihm eingelassen hatte, wenn ich nicht dazu fähig war, bei ihm zu bleiben, und andererseits verstand ich auch überhaupt nicht, warum er so an mir hing, und ich konnte nicht nachvollziehen, was er alles über mich schrieb, denn ich fand, er hatte mich überhaupt nicht gekannt, ich hatte ihm so gut wie nichts von mir erzählt und ihm schon gar nicht gezeigt, wer ich wirklich bin, aber das alles änderte nichts an meiner Traurigkeit.

Trotzdem verließ ich Niemand kurze Zeit später endgültig. Wir hatten ausgemacht, uns im Café zu treffen, und ich hatte schon Stunden zuvor Bauchschmerzen, weil ich mir fest vorgenommen hatte und ganz sicher war, dass ich es ihm an diesem Tag sagen würde. Als ich zum Café ging, hatte ich Angstschmetterlinge im Bauch, und ich dachte, Angst und Verliebtsein haben anscheinend viel miteinander zu tun, und dann betrat ich das Café, und Niemand war schon da. Er trug einen schwarzen Anzug und hatte sich die Augen geschminkt, und es gab mir einen Stich, denn er sah besser aus als je zuvor, und einen Moment lang dachte ich, Scheiße, was für einen supergeilen Typen lasse ich im Regen stehen, und dann setzte ich mich, und ich spürte wieder die ganze Spannung, die immer zwischen uns lag, und meine Niemand-typische Lähmung erfasste mich.

Ich nestelte nervös meine Zigaretten heraus, und es kam mir auf einmal völlig unmöglich vor, ihm zu sagen, was ich zu sagen hatte, und er saß da und sah mich an und sah so verdammt gut aus, und mein Herz zog sich zusammen und wurde ganz klein, und dann fuhr er mit seiner Hand ganz zart über mein Gesicht und drückte sanft meine Wange mit seinem Daumen und Zeigefinger, wie er es immer gemacht hatte, und ich wusste wieder, dass ich es nicht mehr wollte, und ich sagte ganz schnell: Ich kann nicht mehr und es ist aus. Er zog sofort seine Hand zurück, runzelte die Stirn und zündete sich eine Zigarette an, und dann lächelte er und fragte warum. In meinem Kopf liefen die Gedanken Sturm, und am liebsten hätte ich ihn angeschrien, dass er mich sowieso nicht kannte, nie kennengelernt hatte und nie kennen würde, und dass es darum gar keine Sache sein könnte, wenn wir uns trennten, aber eigentlich wollte ich überhaupt nicht mit ihm schreien oder böse sein. Auch wenn ich irgendwie wütend auf ihn war, wusste ich in Wirklichkeit nicht warum, und ich wollte das Ganze eigentlich nur so schnell wie möglich hinter mich bringen, aber mir fielen keine Sätze ein, wie ich ihm erklären konnte, warum es für mich vorbei war, es gab ja keinen handfesten Grund und es hatte auch nichts mit Fabian zu tun, sondern nur mit ihm und mir und all dem, was zwischen uns schon immer schiefgelaufen war, und jetzt hatte ich wieder diese Sperre, und genau das war es ja zum Beispiel, aber ich konnte das nicht sagen und erklären, und dann stammelte ich irgendwas von zu verschiedenen Charakteren, und dass ich mich geirrt hätte und ähnlichen Schwachsinn, und ich verhaspelte mich ständig und stotterte herum, und dazwischen machte ich elendslange Pausen, weil ich nicht weiterwusste. Es war auch so ungewohnt für mich, mit Niemand wirklich zu reden, und er sagte die ganze Zeit gar nichts und lächelte nur manchmal, und dieses Lächeln kam mir einerseits zynisch und andererseits verzweifelt vor, und ich kämpfte mit den Worten und mit den Tränen, und manchmal wollte ich aufspringen und einfach wegrennen, und dann wieder dachte ich, ich sehe ihn zum letzten Mal und ich möchte, dass wir im Guten auseinandergehen, aber er machte es mir nicht leicht mit seinem Schweigen und seinem Lächeln, und irgendwann gab ich auf und sagte nichts mehr, obwohl nichts erklärt war, und Niemand stand auf und sagte, er ginge, und ich nahm ein Stück Bernstein aus meiner Tasche, das ich ihm unbedingt schenken wollte, und ich gab ihm den Stein in die Hand und sagte, dass ich mir wünschte, dass er ihn behalte, und er sah ihn kurz an, und dann hob er die Hand und ließ den Stein auf den Tisch fallen, und er schlug drei Mal auf und dann fiel er zu Boden, und Niemand legte ein paar Münzen auf den Tisch und ging.

Ich zahlte meine Cola und ging auch, ich ging ganz langsam nach Hause, und auf dem Weg liefen mir die Tränen übers Gesicht, und zu Hause legte ich mich ins Bett und spielte eine CD, die ich immer mit Niemand gehört hatte, und ich heulte meinen Polster nass, und in mir war ein riesiger Schmerz, obwohl ich froh war, dass es vorbei war.

Klara sagte, sie hätte immer gewusst, dass es mit Niemand so ausgehen würde. Sie sagte, ich sei nicht ich gewesen mit ihm und er wäre einfach zu alt für mich gewesen, und sie habe das Ende schon am ersten Tag kommen gesehen, und es habe sie nur gewundert, dass es so lange gedauert hatte, und dann sagte sie, wir sollten Fabian treffen und einen Riesenblödsinn machen, und das war okay für mich, auch wenn ich ein paar Tage lang nicht so wirklich lachen konnte, aber es ging vorbei und ich vergaß Niemand zwar nicht, aber er wurde langsam immer blasser, und irgendwann hängte ich das Foto von uns beiden, das wir in einem Automaten gemacht hatten, an meine Wand und konnte es ansehen, ohne dass ich traurig wurde.

Threesome

Klara und ich hingen jetzt immer mit Fabian zusammen herum. Manchmal trafen wir uns schon vormittags in dem kleinen Café bei einer Tasse Milch um eins fünfzig, die Nachmittage verbrachten wir fast immer miteinander, die Kartenpost ging sowieso weiter. Der Sommer war explodiert und es war eine echt geile Zeit voll Blödsinn und unschuldiger Liebe genauso wie am ersten Tag, an dem wir uns auf der öden Party kennengelernt hatten. Wir hatten ständig Ideen, was man machen könnte, und am liebsten streiften wir in Kaufhäusern herum und stellten zum Beispiel in der Uhrenabteilung alle Wecker auf einen Zehnminutenalarm oder tröpfelten eine Orangensaftspur auf den Weg zum Klo oder legten peinliche Sachen in die Einkaufskörbe von anderen, und besonders mochten wir Aufzüge. Da fragten wir die Leute immer, ob wir für sie die Knöpfe drücken sollten, und dann drückten wir die falschen, oder wir hielten bei vollbesetztem Aufzug die Türen offen und sagten, wir warten noch auf einen Freund, oder wir stellten uns ganz nahe an die Leute dran und schnüffelten immer wieder an ihnen herum, aber am besten gefiel mir eine Aktion im Stadtpark, bei der Fabian nur im Hintergrund mit dabei war.

An einem warmen Abend hingen wir dort ab, und auf einmal sah Klara einen Typen, der bei so einer Castingshow im Fernsehen den dritten Platz gemacht hatte und sich jetzt unglaublich wichtig machte, und den wir beide hassten wie die Pest, weil er absolut peinlich und unwürdig war und sich aber wahnsinnig gut vorkam. Jetzt telefonierte er auf seinem Handy, und schon von Weitem konnte man sehen, wie er sich auch dabei wieder wichtig machte, und wir sahen uns an und wussten, jetzt würde es abgehen. Ich wusste zwar nicht, was wir tun würden, und ich glaube, Klara wusste es in diesem Moment auch noch nicht, aber wir verabredeten nichts und gingen langsam auf den Typen zu, der ziemlich laut in sein Handy redete und dabei wild herumfuchtelte, aber Klara unterbrach ihn einfach und sagte mit ganz piepsiger Tussiestimme: He, kann ich ein Autogramm von dir haben?, und dazu warf sie sich in ihrer unglaublichen Art die Haare von links nach rechts, und der Typ reagierte im ersten Moment ein bisschen nervös und ungehalten und sagte: Warte, aber dann brach er doch schnell sein Telefongespräch ab und wandte sich ganz gönnerhaft uns zu. Klara sagte: Ich finde dich unheimlich cool, weißt du, und er grinste blöd und fuhr sich durch die Haare, und dann sagte er, es sei doof, dass er jetzt keine Autogrammkarten mit dabei habe, und Klara sagte, das mache nichts, sie würde es sowieso viel besser finden, wenn er ihr auf die Haut schreiben würde, und sie begann, sich den Ärmel hochzukrempeln, und dann schob sie ihn wieder runter und nestelte am Ausschnitt ihres Shirts herum und seufzte und warf ihre Haare von rechts nach links, und der Typ war schon ziemlich nervös und lachte unsicher, und Klara zog den Ausschnitt ihres Shirts herunter und fragte mich: Links oder rechts?, und ich sagte: Links natürlich, wo das Herz ist, und dann fragte ich den Typen: Du bist doch der Sieger von der großen Castingshow, oder?, und auf einmal fror ihm das Grinsen ein, und einen Moment lang sah er völlig doof drein, und dann sagte er: Nein, ich bin doch der Michael, und Klara sagte: Ach so, ich habe gedacht, du bist der Max, na, wenn das so ist, will ich kein Autogramm, und dann machte sie auf dem Absatz kehrt, und wir ließen den Typen im Regen stehen, stießen uns in die Seite und prusteten los und zogen ab, zurück zu Fabian, der beim Brunnen auf uns wartete.

Fabian fand die Aktion cool, aber sie war nicht ganz sein Ding, und auch die Diebeszüge von Klara und mir machte er nicht mit, er war eben eher der unschuldige Typ, aber das machte nichts, der Spaß, den wir mit ihm hatten, war genauso gut wie das, was Klara und ich nur allein machen konnten, und wir blieben ein eingeschworenes Trio, und wir liebten uns in aller Unschuld, und ganz oft hingen wir nachts so auf der Straße herum und schmusten miteinander, wie wir es am ersten Abend auf der hässlichen Straße vor dem Partyhaus gemacht hatten, und alles hätte perfekt sein können, wenn Klara nicht schwierig geworden wäre.

Es begann damit, dass sie immer wissen musste, was Fabian mir geschrieben hatte, und sie wollte, dass ich ihr jede Karte von ihm zeige. Das machte mir nichts aus, und ich brachte ihr die Karten in die Schule oder ins Café mit, aber sie verglich sie dann mit denen, die er ihr geschrieben hatte, und obwohl sie es nicht sagte, wusste ich, dass diese Vergleiche sie unglücklich machten, weil sie sich einbildete, dass Fabian mir bessere Karten schickte als ihr, und oft machte sie sich auch einen irren Stress wegen dem, was sie ihm schicken wollte. Sie überlegte hin und her wegen der Karte an sich und wegen dem Text sowieso, manchmal in der Schule, wenn sie neben mir über einer Karte brütete, spürte ich, was für eine wahnsinnige Wichtigkeit das für sie hatte, und wie sie sich dabei richtiggehend verkrampfte. Ich meine, sie hatte überhaupt keine Leichtigkeit dafür, dabei war das Kartenspiel etwas, was unbedingt leicht sein musste, so war es gedacht, und so war es für mich und ich denke für Fabian auch, aber Klara machte Stress daraus, zumindest für sich selbst, und mit der Zeit stresste mich ihr Stress dann auch, und es machte mir keinen Spaß mehr, meine Freude über irgendeine coole Karte mit ihr zu teilen, weil sie dann nur anfing zu vergleichen und nachzudenken, und dann wurde sie traurig oder schnippisch, und die ganze Stimmung war dahin.

Ziemlichen Stress machte Klara mit der Zeit dann auch wieder wegen der Klamotten. Anfangs war es ihr egal gewesen, was sie oder ich trugen, wenn wir Fabian trafen, aber dann fing sie an, jedes Mal ein Affentheater daraus zu machen, was sie anziehen sollte, ich musste mit ihr jedes Mal ihren ganzen Kleiderkasten durchgehen und jedes Stück checken, ob es gut wäre oder nicht und warum und wieso nicht, und sie kannte wieder keine Grenzen bei den Details, und natürlich ging das so weiter mit dem Make-up, das sie tragen könnte, und sie nervte mich unheimlich, denn ich hatte wieder diese blöde Rolle, sie zu beraten, dabei war es sowieso egal, was ich sagte, weil sie sich ohnehin so entschied, wie sie es für richtig hielt, aber das Ganze konnte sich wie gesagt dahinziehen, und es langweilte mich und es nervte mich und es machte nicht gerade gute Stimmung zwischen Klara und mir.

Natürlich fing das dann auch wieder an, dass ich nicht die Klamotten tragen konnte, die ich wollte, es war mir sowieso nicht so wichtig, aber Klara checkte haarklein, was auf keinen Fall ging, und das waren jedenfalls die Teile, mit denen ich wirklich scharf aussah, und sie sagte dann, Fabian steht sowieso mehr auf dich und da brauchst du nicht auch noch so auf scharfe Braut kommen, und sie jammerte, dass er sie gar nicht anschauen würde, wenn ich die tollen Teile trüge, und ich müsste die schlechteren Sachen tragen, wenn mir auch nur so viel an ihr läge, und wie immer tat ich das auch meistens, weil es mir wie gesagt nicht so wichtig war, aber es nervte mich trotzdem, wenn ich jedes Mal nachfragen musste, was ich anziehen konnte, wenn wir uns mit Fabian trafen. Dabei war ihm das garantiert vollkommen egal, Fabian war gar nicht der Typ, der besonders aufs Aussehen schaute, er selbst war auch absolut nicht stylish und trug eigentlich immer irgendwas, und oft stand ihm das nicht mal, aber das war egal, es ging – zumindest für mich – nur um den Spaß, den wir miteinander hatten, und der ging auch ohne unsere Outfits, aber mit der Zeit klinkte Klara sich aus.

Sie war nicht mehr scharf drauf, Blödsinn in Kaufhäusern zu treiben oder zu dritt auf Fabians Mofa durch die Stadt zu gasen und die Leute damit zu provozieren, was sie jetzt wollte, war zusammenzusitzen und ernsthafte Gespräche zu führen, und ich checkte es zwar die längste Zeit nicht, aber später kam ich drauf, dass sie sich auch öfter allein mit Fabian traf. Hätte ich es gewusst, es hätte mir nichts ausgemacht, obwohl ich es schade fand, dass unsere Dreierbeziehung immer mehr den Bach runterging. Die ganze Leichtigkeit und der Riesenspaß, die am Anfang gewesen waren, verschwanden irgendwie nach und nach, es war nicht mehr das, was es gewesen war, und dann kam der Tag, an dem Klara mit Fabian schlief. Er war bei ihr gewesen, und es war niemand sonst zu Hause, und Klara hatte es unbedingt mit ihm machen wollen und es drauf angelegt, und dann hatten sie es gemacht, und es war überhaupt nicht schön gewesen. Klara sagte, sie habe das Gefühl gehabt, Fabian hätte sich nur dazu herabgelassen, und dieses Gefühl habe sie die ganze Zeit über nicht verdrängen können, aber sie habe es trotzdem unbedingt tun müssen, und sie habe sich in Fabian verliebt, aber sie wolle ihn jetzt nicht mehr sehen, und zu dritt könne sie auf gar keinen Fall mehr.

Eigentlich hätte ich schon die längste Zeit mitkriegen müssen, dass Klara sich in Fabian verliebt hatte, ihr ganzes Benehmen der letzten Zeit, der Stress mit den Karten, die Checkereien wegen des Outfit und die ernsthaften Gespräche, jeder Idiot wäre darauf gekommen, dass sie nicht mehr bei sich war, aber ich als ihre beste Freundin, die Tag für Tag mit ihr herumhing, hatte es nicht geschnallt, dabei war der Typ, auf den sie abgefahren ist, vor meiner Nase, aber ich glaube, ich wollte es nicht schnallen. Mir war diese verrückte, unschuldige Liebe zu dritt so angenehm gewesen, und ich hätte ewig so weitermachen können und weiter unendlich viel kindischen Blödsinn treiben mit einem echt coolen Typen und Klara an meiner Seite. Das war das, was ich mir unter einem guten Leben vorstellte, und ich wollte nicht wissen, dass das zu Ende ging, weil Klara sich verliebt hatte, denn dass es deswegen zu Ende ging, war klar, und so war es auch.

Klara blieb in Fabian verliebt, aber sie konnte ihn nicht mehr sehen, weil sie es nicht ertrug, dass er nur aus Gönnerhaftigkeit mit ihr geschlafen hatte und sie nicht so liebte wie sie ihn, und sie wollte auch auf keinen Fall, dass ich mich weiter mit ihm traf, aber das wollte ich sowieso nicht. Es war traurig, aber es war eben so, dass eine schöne Geschichte zu Ende war, und eine neue Geschichte mit Fabian und ohne Klara wollte ich nicht anfangen. Was blieb, waren Klara und ich, und nachdem Klara ihren Schmerz wegen Fabian vergessen hatte, machten wir weiter wie immer.

2 r π

In der Schule wurde es immer unerträglicher. Draußen war Sommer, die Bäume standen in vollem Grün, die Vögel sangen wie verrückt, die Sonne schien, und man konnte sich den Duft der Freiheit um die Nase wehen lassen, endlich wieder in den Parks und auf der Straße abhängen, aber drinnen in den Klassenzimmern war es stickig und dumpf wie eh und je, und die Lehrer taten so, als hätte sich nicht gerade die ganze Welt verändert, sondern wollten, dass alles so öd und anstrengend weiterging wie immer.

Klara und ich mussten uns jetzt andere Dinge als die Kartenschreiberei ausdenken, um mit der Langeweile zurechtzukommen, und so begann ich wieder damit, meine karierten Zettel mit Minizeichnungen in den Kästchen zu füllen, und Klara bemalte mehr oder weniger hingebungsvoll ihre Hände, und in diese Öde platzte wieder einmal Zbornik mit einer absoluten Scheißaktion.

Wir machten gerade irgendwas mit der Kreisformel, und er musste wohl besonders schlecht geschlafen haben oder eigentlich glaube ich eher, dass er sich zu viele schlimme Pornos reingezogen hatte oder irgend sowas in der Art, auf jeden Fall saß er da auf dem Katheder und wippte mit seinen Beinen in den grässlichen Hochwasserhosen und redete wieder mal ganz leise und verzerrte dabei das Gesicht zu einer noch schrecklicheren Grimasse als sonst, und dann rief er plötzlich Paulina raus und sagte, sie solle sich vor die Tafel stellen, und zwar so, dass wir sie alle gut sehen könnten in ihrer ganzen Größe. Dann setzte er sich auf seinem blöden Katheder so richtig gemütlich zurecht und grinste ganz grauenhaft in sich hinein, und dann sah er in die Klasse und wartete, bis alle ganz ruhig waren. Irgendwie schaffte er das immer, weil alle sich vor Mathe und ihm so anschissen, und alles war absolut still, man hörte nur, wie draußen gerade eine Straßenbahn vorbeiklingelte, und er wartete, bis auch die vorbeigefahren war und man gar nichts mehr hörte, und dann sagte er zu Paulina, er wolle uns Kleingeistern jetzt ein für alle Mal die Kreisformel eintrichtern, sodass wir sie nicht mehr vergessen würden, und dann sagte er, sie solle sich einmal um ihre Achse drehen, und zwar ganz langsam, sodass wir alle mitbekämen, was ein Kreis ist, und er sagte, sie solle nach jedem Viertelkreis schön stehen bleiben und sich erst, wenn er es sagte, weiterdrehen, und dann sagte er: Los, und Paulina begann sich zu drehen, und er sagte: Langsamer, und sie drehte sich langsamer, und dann rief er: Stopp, und dann wieder: Los, und dann stand Paulina mit dem Rücken zur Klasse, und er sagte: Stopp, und sie solle jetzt mal schön stehen bleiben, damit wir alle auch ihr Hinterteil bewundern könnten, und dann brüllte er: Das ist ein Kreis, und er brüllte: Umfang 2 r π, und Fläche r Quadrat π, und er schrie, Paulina solle das wiederholen, und es war absolut schrecklich. In mir zog sich alles zusammen, und ich empfand totales Mitleid mit Paulina, die da vor dem Wahnsinnigen stand und sich drehen musste und sich all diese schrecklichen Sachen sagen lassen musste, und ich war irgendwie heilfroh, dass ich nicht an ihrer Stelle war, ich würde sterben, wenn mir das passiert wäre, und ich könnte nie wieder mit aufrechtem Kopf in diese Klasse gehen, und mein ganzer Körper wurde ganz steif vor Peinlichkeit und Empörung, und es kam mir so vor, als würde die Situation nie ein Ende nehmen, und ich überlegte, was ich für Paulina tun oder was ich zu ihr sagen könnte, wenn es vorbei wäre, damit sie es irgendwie besser verkraften könnte, und ich hasste Zbornik abgrundtief und noch viel mehr, als ich ihn sowieso schon immer gehasst hatte. Ich dachte, was für ein unglaublich perverses Schwein, und ich versuchte mir vorzustellen, mit welchen Foltermethoden man sich an ihm rächen könnte, und wie man ihn ganz langsam umbringen könnte, sodass er furchtbar leiden müsste und Zeit genug hätte, all seine Schweinereien zutiefst zu bereuen, und ich konnte schon kaum mehr atmen vor Ekel und Wut und Peinlichkeit, und ich merkte, wie Klara neben mir auch zitterte, aber es hörte nicht auf, und Zbornik brüllte draußen sein 2 r π und r Quadrat π, und Paulina stand noch immer mit dem Rücken zur Klasse, und dann stand plötzlich Cornelia auf, und sie wartete, bis Zbornik aufhörte zu brüllen und sie verwundert ansah, und dann stand sie da in ihrem schwarzen Outfit und mit dem blassen, schönen Gesicht, hoch aufgerichtet, und sie sagte, er trample auf Paulinas Menschenwürde herum, und es sei verboten, was er mache, und sie sagte, sie werde zum Direktor gehen und ihn anzeigen.

Zbornik fiel das Kinn runter. Er brüllte zwar, was sie sich einbilde, aber Cornelia hörte ihn gar nicht an, sie packte ihre Sachen ein und ging aus der Klasse, und dann entstand ein kleiner Tumult, und alle begannen zu murmeln, was es sonst bei Zbornik nie gab, und Paulina setzte sich in ihre Bank zurück, und Zbornik verließ die Klasse eine halbe Stunde vor dem Läuten, und dann kam Cornelia zurück, sie war beim Direktor gewesen und hatte ihm alles erzählt.

Ich fand es absolut cool, dass sie das gemacht hatte, irgendwie fand ich, dass sie eine Heldin war, ich meine, ich hätte mich das nicht getraut, und ich war vor allem so verkrampft gewesen, dass ich gar nie auf die Idee gekommen wäre, und die anderen Scheißkinder hätten es sowieso nie gebracht, und dann wäre gar nichts passiert, und Zbornik hätte seine unwürdige Show weiter abgezogen, wer weiß, wie weit er gegangen wäre, aber Cornelia hatte uns alle gerettet. Ich musste ihr das unbedingt sagen, die anderen kümmerten sich sowieso schon längst nicht mehr um das, was gewesen war, sie fraßen ihre blöden Pausenbrote und redeten ihr kindisches Zeug, und keiner bekam mit, was Cornelia eigentlich getan hatte, und ich ging zu ihr, und ich bedankte mich bei ihr und sagte ihr, dass ich sie echt cool fände, und ich spürte, dass sie sich freute, und ich beschloss, sie nicht mehr links liegen zu lassen, auch wenn Klara das nicht passte.

Endspurt

Ich redete dann in der Schule öfter mit Cornelia, und manchmal setzte ich mich auch neben sie und blieb für eine Stunde oder zwei. Klara war deswegen total beleidigt. Jedes Mal, wenn ich mit Cornelia gesprochen hatte, zeigte sie mir die kalte Schulter und redete nicht mit mir. Ich kam zu ihr und setzte mich neben sie, und sie drehte sich weg und begann irgendwas zu kritzeln oder zu kramen und auf ganz beschäftigt zu machen, oder sie wurde schnippisch und zynisch und sagte, dass Cornelia nur ein lächerlicher Grufti war, und einmal flippte sie völlig aus. Ich war wieder mal zwei Stunden lang neben Cornelia gesessen, und auf dem Heimweg von der Schule sagte Klara kein Wort und starrte nur in den Boden, während wir nebeneinander hergingen. Ich wusste zwar, was los war, aber ich versuchte, das Ganze abzuwiegeln, und probierte es mit blöden Scherzen, aber Klara antwortete nicht, und plötzlich blieb sie stehen und sah mich starr an. Ihr Gesicht war ganz blass und ihre Augen dunkel, und auf einmal fing sie an zu heulen, und sie bekam einen echt schrecklichen Heulkrampf, es schüttelte ihren ganzen Körper, und sie schluchzte, ich sei ihre beste Freundin und würde es immer sein, und ich verriete sie mit Cornelia, ich setze unsere ganze Geschichte aufs Spiel und sie ertrage es nicht, wenn jemand Dritter unsere Freundschaft zerstören würde, und dann sagte sie, sie habe niemand anderen und wollte auch niemand anderen zur Freundin haben als mich, und sie warf mir vor, dass ich sie nicht verstehe und nicht achte, und ich war zuerst völlig gelähmt und wusste nicht, was ich sagen oder tun sollte, und es erschreckte mich, wie sehr diese lächerliche Geschichte Klara traf, aber ich wusste, dass ihr das absolut ernst war, und dann nahm ich sie bei den Armen und sagte, dass das doch Blödsinn sei und dass klarerweise sowieso sie und nur sie meine beste Freundin sei und ich nicht die geringste Absicht hätte, das zu ändern, schon gar nicht wegen Cornelia, und ich versuchte ihr zu erklären, dass es nicht viel bedeutete, wenn ich ab und zu mit Cornelia einfach bloß redete, und sowieso nicht solche Sachen, die ich nur mit ihr bereden würde, und Klara heulte weiter, und den ganzen Weg, den wir gemeinsam gingen, hörte sie nicht auf zu heulen, und als wir uns trennten, heulte sie noch immer, und als ich heimging, hatte ich ein Scheißgefühl, und ich war echt froh, dass Klara am nächsten Tag wieder normal war, und ich ließ es dann bleiben, mich in der Schule neben Cornelia zu setzen.

Ich traf mich aber manchmal nach der Schule ohne Klara mit ihr. Cornelia war ganz schön verrückt und ziemlich gescheit, sie hatte unheimlich viele Bücher gelesen und wusste sehr viel, und sie hatte abgefahrene Gedanken. Sie erzählte mir, dass ihre Eltern geschieden waren und dass sie bei ihrer Mutter gelebt hatte, aber die war so übel, dass sie von ihr abgehauen und zu ihrem Vater gezogen war. Dort ging es ihr viel besser, und der Vater hatte eine Freundin, mit der Cornelia sich supergut verstand. Die Freundin nahm sie total ernst und erzählte ihr ganz viel aus ihrem Leben und sie fragte Cornelia auch um Rat, wenn sie Probleme hatte, und Cornelia sagte, sie hätte total viel von ihr gelernt und könne unglaublichen Spaß mit ihr haben. Spaß, den Erwachsene sonst nicht machen und der ganz auf der Linie von Cornelia lag, und diese Freundin zeigte ihr auch Bücher und Filme und Musik, die man normalerweise nicht so kennt in unserem Alter, und auf das fuhr Cornelia total ab. Sie hatte ein total gutes Gefühl für Kunst, ich meine, dafür, was Kunst wirklich oder eigentlich ist, das spürte sie einfach, aber manchmal kam es mir so vor, als wären ihr Leben vor allem ihre Bücher, und es interessierte sie gar nicht besonders, was draußen in der Welt abgeht, aber andererseits spürte ich öfter auch so eine Art Sehnsucht bei ihr, ihre Ideen doch auszuleben, aber sie schaffte es wohl irgendwie nicht, vielleicht fehlte ihr einfach jemand, dem sie wirklich nahe war und mit dem sie das hätte tun können, und ich war das nicht wirklich, denn ich hatte mein verrücktes Leben mit Klara, und wenn, dann hätte ich gewollt, dass wir zu dritt etwas machen, aber das wollte eben Klara nicht, und so blieb im Prinzip alles, wie es war, und das Schuljahr ging langsam zu Ende, und ich konnte es kaum erwarten, diese Scheißkinder und die Lehrer für zwei Monate nicht mehr zu sehen.

Zuvor hatte ich aber noch meine Jahresprüfung in Mathe. Ich hatte die Schularbeiten auch im zweiten Semester nicht geschafft, ich hatte bei jeder irgendwann aufgegeben, sogar dann, wenn ich den Stoff eigentlich verstanden hatte, aber es war irgendwie nie möglich gewesen, mich von Anfang bis zum Ende zu konzentrieren, und darum hatte ich meine drei Fünfer auf die Schularbeiten und dann noch den aus dem Halbjahreszeugnis, und der Technospießer kam wieder bei mir zu Hause angetanzt und wollte mir beibringen, was Sache war. Ich hasste ihn genauso wie schon im Halbjahr, und er kam immer noch mit seinen beigen Bügelfaltenhosen und zupfte an den Bügelfalten herum und strich sich mit gespreizten Fingern über seinen gegelten Scheitel, und ich spürte genau, dass er immer noch meinte, ich hätte eigentlich keine Lebensberechtigung, weil mich der Mathescheiß nicht interessierte, und ich musste wieder jedes Mal, wenn er da gewesen war, mein Zimmer ausräuchern und von seinen schlechten Schwingungen befreien, und niemand kann sich vorstellen, was für eine Qual es für mich war, jeden Tag aufzustehen und zu wissen, dass ich mich mit diesem sinnlosen Kram beschäftigen musste, aber ich machte es.

Ich machte es wieder nur wegen Klara, denn ich wollte unter allen Umständen weiter mit ihr in der Klasse sein, alles andere wäre ein unerträglicher Albtraum gewesen, und ich machte es auch deswegen, weil mein Vater versprochen hatte, dass ich in den Sommerferien mit Klara verreisen dürfte, wenn ich die Prüfung schaffte. Wir erzählten unseren Eltern, dass wir unser Französisch verbessern und darum nach Frankreich fahren wollten, und das war natürlich die glatteste Lüge, die man sich vorstellen kann, denn unser Französisch kümmerte uns einen absoluten Scheißdreck, aber meine Eltern fanden das gut.

Darum also nahm ich alle meine Kräfte zusammen und ertrug den Nachhilfespießer und brachte meine ganze Konzentration auf, um den Mathescheiß zu kapieren und ihn mir zu merken, und dann kam die drittletzte Schulwoche und ich hatte meine Prüfung.

Zuerst fing alles an wie im Halbjahr und ich dachte sofort, dass das ein ganz schlechtes Omen war und ich die bescheuerte Prüfung sicher nicht schaffen würde, andererseits konnte ich den Stoff diesmal wirklich, aber das machte mich nicht sicherer, ich wusste, es konnte alles passieren, nicht nur wegen Zbornik, sondern auch wegen mir selbst. Ich wachte wieder schon um fünf auf, und in meinem Bauch flatterten diese komischen Schmetterlinge, die mir sagten, dass irgendwas überhaupt nicht normal war, und dann konnte ich nicht mehr einschlafen und sah wieder den Ziffern des Weckers dabei zu, wie sie immer näher auf sieben zusprangen, und ich versuchte es wieder mit meiner Formel von *Jetzt ist jetzt, und dann ist noch lange nicht*, aber es half natürlich kaum, und als es dann sieben war und ich aufstehen musste, spürte ich wieder das Blut so komisch stockend in meinen Adern fließen, das machte die Angst, und ich brachte sie auch nicht weg, als ich aus dem Haus ging und der allerschönste Sommertag mich empfing. Ich fröstelte in der Sonne, und die zwitschernden Vögel setzten sich in meinem Kopf zwischen all den Matheformeln fest und brachten sie durcheinander, auf dem ganzen Weg versuchte ich verzweifelt, sie wieder in Ordnung zu bringen, und dann war ich irgendwann im Gesumme des Schulhauses und schlich zu meiner Klasse, und diesmal hatten wir wenigstens gleich in der ersten Stunde Mathe, und ich musste nicht noch ein paar schreckliche Stunden lang warten, bis ich drankam. Obwohl ich froh darüber war, schwappte ein wahnsinniger Angstschwall über mich, als die Glocke zur ersten Stunde läutete, und ich versuchte alles, um ihn niederzuhalten und mich darauf zu konzentrieren, dass ich den Stoff konnte und dass ich die verdammte Prüfung unbedingt schaffen musste, weil Klara und ich nach Frankreich mussten, und dann kam Zbornik rein.

Ich versuchte, nicht darauf zu achten, was für grausliche Kleidung er anhatte und wie schrecklich er überhaupt aussah, ich starrte auf meine Bank, und zum Glück machte er keine langen Klassenbucheintragungen, sondern rief mich gleich heraus und diktierte mir das erste Beispiel. Als ich die Angabe durchlas, wusste ich, dass ich das konnte, und die Schmetterlinge in meinem Bauch beruhigten sich, und ich rechnete dahin, und die Kreide quietschte grauenhaft in meinen Ohren, aber ich kam zu einem Ergebnis, und das Ergebnis war richtig. Jetzt fragte Zbornik mich Formeln ab, die wusste ich auch, und ich versuchte wieder, ihn nicht anzuschauen, während ich ihm antwortete, aber er war gar nicht so fies und sagte immer gleich, wenn es richtig war, und es waren alle richtig. Als Nächstes kam wieder ein Beispiel an der Tafel, und dann passierte es wieder, dass mir schon beim Schreiben der Angabe schlecht wurde und mich diese komische Lähmung erfasste. Meine Hand wollte nicht weiterschreiben, in meinem Kopf sang es schon wieder *Come as you are*, und ich dachte, wozu und wofür und ich kann nicht und ich will nicht, und es ist doch sowieso alles egal, und ich starrte auf die Zahlen auf der Tafel, und sie ergaben keinen Sinn mehr, und meine Hand mit dem Kreidestück sank herunter, und rund um mich hörte ich die laute Stille der anderen, und plötzlich erfasste mich wieder der abgrundtiefe Hass auf Zbornik, und die Kreide in meiner Hand fühlte sich absolut grässlich an, und unter meinen Füßen knarrte der Holzboden, und mein Magen war flau, und bescheuerte Scheißtränen begannen mir in die Augen zu steigen, und die weißen Zahlen auf der grünen Tafel vor mir verschwammen und wummerten vor und zurück, und ich spürte die Anspannung in der ganzen Klasse und ich fühlte Zborniks Warten körperlich, aber meine Hand hing schlaff an mir herunter, und ich hatte das Gefühl, es bräuchte übermenschliche Kraft, sie hochzuheben und zur Tafel zu führen, und die Stille um mich herum wurde immer lauter, und gleich würde Zbornik abbrechen und mir entweder noch eine letzte Chance geben oder mich gleich in die Bank zurückschicken, und dann wäre Frankreich gestorben und Klara, meine Lebensrettung, auch, und ich hob meine Hand, und es war unendlich schwer, und mit übermenschlicher Anstrengung verbannte ich *Come as you are* aus meinem

Kopf und holte die Formeln hervor, und zu Beginn war meine Schrift auf der Tafel noch ganz zittrig und langsam von dieser wahnsinnigen Anstrengung, aber dann schrieb ich doch die ganze Tafel voll, und ich hatte zwar kein Gefühl dafür, ob es richtig war, aber es war richtig, und Zbornik sagte, das reicht, und ich wankte zurück zu meinem Platz und fiel wie ein Sack auf den Stuhl, und Klara fiel mir um den Hals und heulte ein bisschen in meinen Kragen.

Nach der Schule gingen Klara und ich gleich in den Stadtpark. Wir setzten uns in die Wiese und sahen den Hippies beim Gitarrespielen und Haschischrauchen zu, und mir war noch ganz schwach zumute, und ich konnte mich noch gar nicht freuen. Ich saß die meiste Zeit nur stumm da und ließ meine Blicke herumwandern, und Klara redete die ganze Zeit von Frankreich und plante, was wir unbedingt mitnehmen müssten, und ich hörte ihr kaum zu und legte mich in der Wiese zurück und sah in den Himmel, und irgendwann schlief ich ein, und als ich aufwachte, stand die Sonne schon ganz tief, und Klara saß neben mir und bemalte ihre Hand.

Take a Train

Es war echt kaum zu glauben, aber der Tag, an dem Klara und ich nach Frankreich fuhren, kam wirklich. Zuvor hatte ich noch ungefähr tausend mühsame Gespräche mit meinen Eltern, ich musste ihnen weiß Gott was alles versprechen, was ich nicht oder schon tun würde, und bevor wir fuhren, weinte meine Mutter ein bisschen, und mein Vater machte auf streng, und sie gaben mir die Adresse von einem Freund von ihnen, der in Paris wohnt, und den ich besuchen sollte, und dann gaben sie mir noch hunderttausend Ratschläge, und natürlich ließen sie es sich nicht nehmen, mich zum Bahnhof zu bringen, aber dann war es so weit.

Ich schaute am Vortag noch bei Eliane vorbei, denn ich wollte sie fragen, wie es für sie in Paris und an der Côte d'Azur gewesen war, und diesmal gab sie mir einen Cognac pur, und ihr komischer Kater kroch in meine Tasche und wollte nicht mehr herauskommen. Eliane sagte, er spüre wohl, dass ich etwas Tolles vorhabe, und sie wünschte sich, dass ich, falls ich nach Cannes käme, das Café de Paris suchen und dort was auf sie trinken sollte, und dann gab sie mir noch Schokolade und hundert Euro für die Reise und sagte, wir sollten es so aufregend haben, wie sie es gehabt hatte, und daran hatte ich sowieso keinen Zweifel.

Am nächsten Tag holten wir Klara von zu Hause ab und fuhren dann zum Bahnhof. Meine Eltern wollten uns unbedingt noch bis zum Bahnsteig bringen, und meine Mutter hatte uns einen ganzen Sack voll frischer Tramezzini für die Fahrt gekauft, das machte mich fast ein bisschen traurig, aber dann war ich doch ziemlich froh, als sie endlich abzogen und Klara und ich allein waren. Wir streiften erst mal durch den ganzen Zug, um zu sehen, was für Leute drin waren und wo coole Leute saßen, und dann quetschten wir uns mit unseren Rucksäcken in ein Abteil, in dem es von Zigarettenrauch so qualmte, dass man die Hand kaum vor Augen sah, aber die Leute da drin kamen uns gut vor und der Rauch störte uns sowieso nicht.

Draußen war der schönste Sommer, vor uns lagen zwei Monate Ferien und vier Wochen Frankreich, ich ging nach draußen in den Gang, schob das Fenster hinunter und hielt meinen Kopf in den Fahrtwind. Ich fühlte mich absolut frei und glücklich und war gespannt auf das, was kommen würde, und der Wind nahm mir den Atem und ich musste nach Luft schnappen, und dann kam Klara, und wir hielten uns umarmt und steckten beide die Köpfe in den Fahrtwind, und dann schrien wir los, einfach so und gleichzeitig, und wir quietschten wie die Ferkel, und dann bekamen wir einen Lachkrampf und bogen uns auf dem Gang und japsten wieder nach Luft, weil wir so arg lachen mussten, und dann gingen wir zurück ins Abteil und begannen, die tollen Tramezzini aufzufuttern, und dazu hatten wir eiskaltes Cola, und wir aßen fast alles auf, und dann zogen wir die Sitze lang und machten es uns bequem und rauchten eine Zigarette nach der anderen.

Von den Fensterplätzen aus beobachteten uns zwei Typen, die auch mit Rucksack unterwegs waren, aber wir fanden sie pickelig und uninteressant, und ohne dass wir darüber geredet hätten, beschlossen wir, sie zu verarschen, und Klara machte wieder ihre Haare-hin-und-her werf-Nummer, und ich blinzelte den einen Typen an, und die wurden gleich ganz nervös und fingerten ihre Zigaretten heraus, und der eine wollte Klara eine anbieten, aber Klara sagte, die rauche sie nicht, und ich stellte mich taub bei allem, was sie sagten, und dann gingen wir wieder hinaus auf den Gang und hielten unsere Köpfe in den Wind, und als wir davon genug hatten und uns wieder im Zug umsahen, saß ein echt cooler Typ auf einem Klappsessel auf dem Gang und rauchte Bidis. Er war total gut angezogen, eher so auf nobel und ordentlich, aber sein Gesicht sah so aus, als hätte er es faustdick hinter den Ohren, und wir quatschten ihn wegen der Bidis an, ob er uns welche geben würde, und klar gab er uns jeder einen. Er war Franzose und auf dem Weg nach Hause, und er war superlustig und gut drauf, obwohl es einigermaßen schwierig war, mit ihm zu reden, denn Klara und ich konnten eigentlich kaum Französisch und er nur sehr schlecht Englisch, aber wir fingen dann an, Blödsinn zu reimen von, The pope smokes dope and needs some soap to find a rope, und immer so weiter, und wir saßen da auf dem Gang am Boden und kicherten uns weg und rauchten alle seine Bidis auf, und er hatte Bier mit, das tranken wir auch, und ich holte die letzten Tramezzini von meiner Mutter, und dieser Jean-François hatte furchtbaren Hunger und steckte eines nach dem anderen auf einmal in den Mund und sagte, er hätte noch nie so gute Tramezzini gegessen, und Klara sagte: Klar, unser Land ist ja bekannt dafür, die Tramezzini erfunden zu haben, und er sagte, das nächste Mal, wenn er nach Wien käme, würde er uns besuchen, wenn er dürfe, und uns war das nur recht, und dann tauschten wir die Adressen aus, und er schrieb uns noch eine coole Jugendherberge in Paris auf, und bis wir dort ankamen, hatten wir noch jede Menge Spaß, und ich dachte, dass das der beste Anfang für diese Reise war, genauso hatte ich es mir vorgestellt, und ich wünschte mir, dass es immer so weitergehen sollte, und ich spürte, dass noch ganz viele irre Sachen auf uns warteten, und auf die war ich absolut neugierig, und ich war aufgeregt und cool zugleich, und das in einer Mischung, die einfach supergut war.

Die U-Bahn in Paris war superklasse, viel abgefuckter und cooler als bei uns, und es gab viel mehr Schwarze als in Wien, und Schwarze waren auch U-Bahn-Fahrer und Polizisten, und insgesamt gab es einfach mehr Menschen, und alles pulsierte irgendwie so schön. Im U-Bahn-Waggon hatte sich ein Typ eine Rhythmusmaschine aufgestellt, und dazu spielte er mit der Gitarre und sang irgendwelche komischen Songs, die mir zwar überhaupt nicht gefielen, aber es war cool, und alle Leute nahmen das ganz selbstverständlich, und keiner regte sich auf oder beachtete das besonders, und wahrscheinlich machte er nicht gerade viel Kohle mit seinem Auftritt, aber mir gefiel es, und dann mussten wir aussteigen, und wir taumelten mit unseren Rucksäcken durch die angesprayten Gänge der Metrostation und dann die Stiegen hinauf in die samtschwarze Nacht.

Es dauerte noch eine ganze Weile, bis wir die Jugendherberge endlich fanden, und dann füllten wir dort Anmeldezettel aus und warfen uns in einem Schlafsaal auf die unteren Matratzen zweier freier Stockbetten, die nebeneinanderstanden, und wir waren ziemlich müde und glücklich und quatschten nur mehr kurz, bevor wir einschliefen.

Paris

Gleich nach dem Frühstück machten wir, dass wir rauskamen, die Jugendherberge lag in der Nähe des Centre Pompidou, das ist dieses Museum mit den vielen bunten Röhren außen, und davor liegt ein großer Platz, an dem die Leute auf dem Boden saßen und unzähligen Straßenmusikanten, Feuerschluckern, Zauberern und Fakiren zusahen. Wir gingen erst mal in das Museum rein, wir wollten uns zwar keine Ausstellung ansehen, aber ein bisschen drin herumlaufen, und wir fuhren mit den Rolltreppen die Röhren aufwärts bis zum obersten Stock, dort war eine Aussichtsterrasse und man konnte auf ganz Paris hinuntersehen. Die Stadt war riesig und irgendwie ganz weiß, ein frischer Wind wehte uns um die Beine, und wir konnten es nicht fassen, dass wir wirklich in Paris waren. Später setzten wir uns auf den Platz vor dem Centre und sahen auch den Gauklern und Musikanten zu, und ich fühlte mich absolut gut und frei.

Wir schlenderten den ganzen Tag ziellos durch die Stadt, wenn wir Hunger hatten, kauften wir uns Sandwiches und aßen sie in einem Park oder im Gehen, und alles gefiel mir total gut. Viele Straßen waren so breit und großzügig, die Leute kamen mir interessanter vor als in Wien, und gegen Abend kamen wir zu Les Halles, einer Metrostation und einem Einkaufszentrum. Dort sahen wir uns Klamotten und CDs an, und dann setzten wir uns im Freien zu einem kleinen Brunnen, wo ein paar Hippies herumhingen. Sie spielten französischen Rock aus einem Ghettoblaster und rauchten Haschisch, und ein Typ gefiel mir ziemlich gut. Er trug ein Stirnband, hatte dunkelblondes, halblanges Haar und ein schönes Gesicht, und er tanzte um den Brunnen herum, und ich sah ihn immer herausfordernd an, wenn er an mir vorbeikam, und hatte echt Lust, mit ihm zu quatschen. Klara neben mir schwärmte für einen Schwarzen, der auch zu den Leuten gehörte, und das Gute war, dass wir ganz laut über sie reden konnten, weil sie uns sowieso nicht verstanden, und dann fing der Hippie an, mich jedes Mal, wenn er bei seiner Runde um den Brunnen an mir vorbeikam, ganz laut mit dem französischen Song anzusingen, der gerade im Ghettoblaster lief, und das gefiel mir, und ich lächelte ihn an, und dann setzte er sich neben mich und sang mir ins Ohr, jetzt ziemlich leise, und ich sah ihn an, und er hatte hellbraune Augen, die mich an Niemand erinnerten, und er sah wirklich gut aus, und alles war so easy und angenehm, und dann war es ganz selbstverständlich und normal, als er mich küsste, und er hörte dabei auch nicht zu singen auf und sang mit seinem Mund in meinen Mund hinein, ich glaube, er sang, *Tu vas me manquer*, und er küsste ziemlich gut und schmeckte nach Haschischrauch.

Wir blieben den ganzen Abend bei dem Brunnen, Klara quatschte sich ihren Schwarzen an, und ich lag in den Armen von meinem Hippie herum, und wir hörten die Musik aus dem Ghettoblaster und redeten nicht viel, und die Schule und die Eltern und der ganze öde Scheiß von Wien waren Lichtjahre weit weg, und ich fand, dass das Leben immer so sein müsste.

In den nächsten Tagen liefen wir tagsüber immer durch die Stadt, wir sahen uns auch Montmartre, den Eiffelturm und die Champs Elysees an, und abends gingen wir dann zu dem Brunnen bei Les Halles und trafen unsere Hippies.

Klara war ziemlich verliebt in ihren Jim und ich auch ein bisschen in meinen Fred, und die anderen Hippies sagten schon, wir seien die Freundinnen von den beiden, aber so war es natürlich nicht.

Oft blieben wir einfach nur bei dem Brunnen, und manchmal zogen wir auch gemeinsam los, um irgendwas zu unternehmen, was nicht viel kostete, denn Paris war extrem teuer, und die Hippies hatten auch kein Geld. Es war aber cool, mit ihnen durch die nächtliche Stadt zu ziehen, wir fuhren mit der Metro zu irgendwelchen Discos und Lokalen, wo gerade freier Eintritt war, und den Ghettoblaster hatten sie immer mit dabei. Fred sang gern, und einmal standen wir gerade in der Metro und der Ghettoblaster spielte *Stir it up* von Bob Marley, und er sang es mir ganz leise vor und küsste mich dazwischen immer wieder, und obwohl ich Reggae eigentlich nicht besonders mag, war das irgendwie total schön und romantisch, und ich fühlte mich so frei und mein Herz war so groß und lebendig, dass mir die Brust ganz eng wurde vor Glück, und ich begann zu überlegen, ob ich nicht doch mehr als ein bisschen in Fred verliebt war.

Die Jugendherberge mit ihrer Sperrstunde zu Mitternacht machte uns allerdings ganz schön viel Stimmung zunichte, und darum beschlossen Klara und ich, unsere Hippies zu fragen, ob wir nicht bei ihnen schlafen könnten. Fred sagte gleich ja, aber dann entstand irgendwie ein komisches Missverständnis, denn sein Freund, mit dem er zusammenwohnte, meinte anscheinend, dass Klara dann bei ihm schlafen würde, aber Klara wollte zu Jim, und sie zog mit ihm ab, und ich fuhr mit Fred und seinem Freund, der stinksauer war, in ihre Wohnung. Wir fuhren eine Ewigkeit lang mit Metro und Bussen und landeten in einem total abgefuckten Viertel der Stadt, und der Freund von Fred erzählte mir die ganze Zeit, dass Jim ein echter Scheißkerl sei, ein unguter Typ, vor dem Klara sich besser in Acht nehmen sollte, denn wenn sie nicht alles machte, was er wollte, würde der nicht zögern, sein Messer zu ziehen. So fluchte er die ganze Zeit dahin, und ich weiß nicht, was er noch alles Schlimmes sagte, und war froh, dass ich es nicht verstand, aber auch so machte ich mir jetzt echte Sorgen um Klara und bekam eine Scheißangst, denn eigentlich wussten wir ja nichts von diesen Typen, und es konnte ja wirklich sein, dass Klaras Jim ein Scheißtyp war, und ich dachte, elende Scheiße, und diesen Gedanken bekam ich die ganze Zeit nicht aus meinen Kopf, während wir durch dunkle Gassen an verfallenden Häusern vorbeigingen, und dann waren wir endlich bei Freds Haus.

Das Haus war ganz schmal, und eine total enge Treppe führte hinauf in den dritten Stock, und dort sperrte er die Tür zu einem Zimmer auf. Es war nicht mehr als ein vielleicht zehn Quadratmeter großer Schlauch mit einer Matratze und einem winzigen Waschbecken darin, und dann gab es noch ein Klappbett an der Wand, das gehörte dem wütenden Freund, aber der war nicht mit raufgekommen. Mir war absolut elend zumute, das Zimmer deprimierte mich total, und ich musste die ganze Zeit an Klara denken, und es half mir nicht gerade weiter, als ich merkte, dass Fred jetzt ficken wollte. In dem Zimmer konnte man sich überhaupt nicht bewegen, sich nicht einmal umdrehen, wir mussten uns gleich auf die Matratze legen, und Fred sagte, sein Freund käme erst in zwei Stunden, und fing an, an mir herumzufummeln. Ich fand das alles viel zu schlimm, als dass ich überhaupt an Ficken hätte denken können, und ich versuchte ihn abzuwehren, aber er wollte unbedingt, und dann war ich auf Scheißdrauf, ich bringe es hinter mich, wenn ich dann nur endlich schlafen kann, damit bald morgen ist und ich Klara hoffentlich heil wieder sehen kann, und dann funktionierte es aber sowieso nicht, und wir ließen es sein, und er schlief gleich ein, und ich lag noch eine Ewigkeit lang wach und hatte Angst um Klara, und dann hörte ich auch den wütenden Freund heimkommen und bekam gleich noch mehr Angst.

Die Nacht war der totale Horror, ich schlief überhaupt nicht, in meinem Kopf tobte die Angst, ich sah Klara in einem mindestens ebenso elenden Zimmer wie diesem in einer riesigen Blutlache liegen, und dieses Bild bekam ich nicht mehr weg, es pulsierte vor meinen Augen, die Lache wurde immer größer, das Blut immer röter und Klara immer kleiner und weißer, und mein Herz klopfte bis zum Hals, während die Hippies neben mir schliefen und schnarchten, und die Zeit kroch dahin, und am Boden kroch Ungeziefer, und es knackste dauernd von irgendwoher, und es dauerte noch eine Ewigkeit, bis ich den Morgen heraufdämmern sah, und irgendwann wurde es doch hell und es wurde zehn Uhr, und Klara und ich hatten vereinbart, uns um elf beim Centre Pompidou zu treffen, aber mittlerweile war ich fast sicher, dass ich sie nicht mehr lebend zu Gesicht bekommen würde. Ich schlich dann aus diesem schrecklichen Zimmer, hinunter und hinaus auf die Straße, und in meinem Hals hockte ein Weinen, und ich fuhr mit dem Bus und dann mit der Metro, und dort spielte ein Straßensänger irgendwas Trauriges, und mir platzte das Weinen heraus, und die Tränen rannen mir übers Gesicht, während der Typ sang, und als ich ausstieg, wünschte er mir noch einen schönen Tag, und dann kam ich endlich beim Centre an und natürlich war Klara nicht da, und ich glaubte, ich müsste jetzt zusammenbrechen, aber plötzlich sah ich ihre rote Jacke leuchten, und sie kam angelaufen und wir fielen uns heulend in die Arme.

Ich erzählte Klara von dem Horror, den ich erlebt und um sie ausgestanden hatte, und sie sagte, bei ihr sei es auch nicht gut gewesen, und wir beschlossen, Paris zu verlassen, und holten unsere Sachen aus der Jugendherberge und fuhren zum Bahnhof, und dort sahen wir, dass in einer Stunde ein Zug an die Côte d'Azur ging, und kurze Zeit später ratterten wir los.

Diebsbräute

Im Zug kauften Klara und ich uns Cognac und stießen auf unser Leben an, und dann schliefen wir ein paar Stunden, weil die Nacht so kurz gewesen war, und als wir wieder aufwachten, war der Zug schon an der Südküste, und die Stimmung war toll. Die Leute im Zug waren gut drauf, alle schienen sich aufs Meer zu freuen, und in unserem Abteil quatschten wir mit zwei Trampern, die sagten, dass man in Cannes bei den Wellenbrechern am Strand schlafen könnte, und wir entschieden uns sofort dafür, in Cannes auszusteigen.

Der Bahnhof von Cannes war ziemlich klein, und als wir ausstiegen, roch es meerig, salzig und feucht, und wir freuten uns total aufs Meer und stopften schnell unsere Rucksäcke in zwei Schließfächer und nahmen nur unsere Badesachen mit. Bei den Schließfächern waren unzählige Rucksackleute, die hin und her wuselten und alle möglichen Sachen machten, ein Mädchen rasierte sich dort in aller Ruhe die Beine, das fand ich echt abgefahren, und dann spazierten wir hinunter in Richtung Meer. Der salzige Geruch wurde immer stärker, und dann standen wir auf einer Palmenpromenade, auf der tausende Leute auf und ab spazierten, und sahen auf den goldgelben Strand und das dunkelblaue Meer von Cannes.

Es war unglaublich heiß, und wir liefen gleich zum Strand hinunter, der Sand glühte unter unseren Füßen, und wir rannten, so schnell wir konnten, ins Meer hinein und kühlten sie und planschten im Wasser herum, und dann suchten wir uns einen Platz an einem weißen Holzzaun und zogen uns um und breiteten unsere Sachen auf. Auf dem Strand bewegten sich Tausende Leute, die meisten waren schon brutzelbraun, und wir stachen mit unserer Blässe richtig heraus. Die Sonne brannte unglaublich heiß herunter, aber das Meer war herrlich kühl und sauber, und wir gingen andauernd schwimmen, und am schönsten war es am Abend, als die Sonne langsam sank, und alle normalen Touristen den Strand verließen. Es blieben nur mehr wenige Leute, manche spielten Volleyball, und die meisten saßen so wie wir herum und schauten aufs Meer oder unterhielten sich, und man hörte von überall Lachen. Klara und ich gingen dann in einen Supermarkt und kauften uns Sandwiches und Schokolade und Bier, und dann gingen wir zurück an den Strand und aßen und tranken, bis wir satt und ein bisschen betrunken waren, und dann warfen wir uns in der schwarzen Nacht ins schwarze, gurgelnde Meer und gingen fast unter, weil wir so viel kichern mussten. Es war ein absolut schöner Abend, und danach gingen wir zum Bahnhof und holten unsere Schlafsäcke aus den Schließfächern und machten uns auf die Suche nach den Wellenbrechern.

Wir brauchten auch nicht lange, um sie zu finden, es lagen schon echt viele Leute dort in ihren Schlafsäcken, und wir suchten uns einen freien Platz und machten es uns auch bequem. Über uns glitzerte der Sternenhimmel, unser Schlafsacknachbar bot uns ein Bier an, und ich fühlte mich wieder absolut gut und glücklich, und ich dachte, warum kann das Leben nicht immer so sein, und dann schlief ich neben dem Meeresplätschern ein.

Ich wachte von lauten Stimmen auf, und als ich mir die Augen gerieben hatte, sah ich die Polizisten, die die Tramper unsanft weckten, und wir mussten sofort unsere Sachen packen und weg von den Wellenbrechern. Mein Schlafsacknachbar sagte auf Englisch zu mir, dass das jeden Tag so sei, aber man könne trotzdem immer wieder kommen, es passiere nichts, und in ein paar Minuten war der ganze Schlafplatz leer, und es war sieben Uhr morgens, und Klara und ich standen zuerst ziemlich ratlos herum, aber dann beschlossen wir zu frühstücken. Wir gingen in die Stadt hinein und suchten uns eine besonders fein duftende Bäckerei, und dort kauften wir uns Schokoladecroissants und einen Liter kalten Kakao, und damit wanderten wir zurück Richtung Meer. Die Sonne war schon wieder wahnsinnig heiß, obwohl es noch so früh war, und wir setzten uns in einem Park unter eine große, schattige Palme und aßen unser Frühstück. Die Croissants waren noch warm und ganz knusprig und der Kakao köstlich, und nachdem wir alles verputzt hatten, rauchten wir ein paar Zigaretten, und dann gingen wir wieder an den Strand zu unserem Platz beim weißen Holzzaun. Unter den Stranduschen wuschen wir uns und putzten uns die Zähne, und dann kamen mit viel Lärm ein paar Österreicher, die sich französische Tussis aufgerissen hatten und die in unserer Nähe unglaublich schlechte Witze mit ihnen machten. Klara und ich fanden das unsagbar peinlich, und wir wollten auf keinen Fall als Landsleute von denen entdeckt werden, und darum sprachen wir den ganzen Tag Englisch miteinander.

Am Abend kamen ein paar Typen an den Strand, die Gitarre spielten und sangen, und zusammen mit der im Meer untergehenden Sonne war das fantastisch romantisch, und es war auch an diesem Abend, dass wir Aziz und Said kennen lernten. Sie waren Algerier, um einiges älter als wir, und sie sprachen ein ganz komisches Französisch, das ich aber seltsamerweise viel besser verstand als das normale Französisch, und sie sahen ein bisschen gefährlich aus und waren unglaublich lustig. Wir saßen die halbe Nacht mit ihnen am Strand, rauchten ein bisschen Haschisch, gingen schwimmen, und vor allem lachten wir die ganze Zeit. Eigentlich weiß ich gar nicht, was so lustig war, wir machten dauernd ganz kindische Scherze, und Aziz hatte so ein verrücktes, heiseres Lachen, das unglaublich ansteckend war, und so gingen die Stunden im Gekicher dahin, und dann war es halb vier und Klara war müde, und wir brachen zu den Wellenbrechern auf. Aziz und Said kamen nicht mit, und damals glaubte ich noch, dass sie ein Zimmer irgendwo hätten oder vielleicht überhaupt hier lebten, aber später kamen wir drauf, dass sie kleine, umherziehende Diebe waren und meistens auch in Parks oder auf Straßenplätzen schliefen, und sie hatten einen Sack voll alter Münzen mit Löchern in der Mitte bei sich, die sie irgendwo gestohlen hatten und jetzt versuchten zu verkaufen.

Danach kamen die beiden jeden Tag zu uns an den Strand oder wir gingen abends in der Stadt zusammen in ein billiges Café, und wir hatten die ganze Zeit totalen Spaß, und ich wollte ewig so und auf diese Art leben und nie mehr nach Hause fahren und mit den beiden weiterziehen und dann vielleicht wieder mit anderen oder nur mit Klara allein. Den Sack mit den Münzen gaben Aziz und Said immer Klara, sie sagten, sie sähe am unverdächtigsten aus, und so zogen wir durch Cannes, Klara immer mit dem Sack unter dem Arm, und sie sagten, wir seien die coolsten Diebsbräute, die es gibt.

Die Tage rannen unglaublich schnell dahin, das Leben war großartig, und Klara und ich wurden auch brutzelbraun und immer wilder, und nichts konnte uns so schnell erschrecken, aber Klara bekam dann ein Problem mit Aziz. Er bildete sich nämlich plötzlich ein, wahnsinnig in sie verliebt zu sein, aber sie war definitiv überhaupt nicht in ihn verliebt, wir hatten einfach nur eine gute Zeit mit den beiden, und Klara wollte, dass das so blieb, und das versuchte sie Aziz zu erklären, aber der lief todbeleidigt weg, und Said sagte, jetzt gebe es Probleme, und nach Stunden kam Aziz ziemlich besoffen zurück, und er sah Klara aus rotunterlaufenen Augen an und legte den Kopf schief wie ein geschlagener Hund, als ich das sah, brach es mir fast das Herz, und er jammerte Klara an und machte ihr Vorwürfe und sagte, das ertrage er nicht, auf keinen Fall, und er werde gehen und verschwinden und wir könnten allein weitermachen, und das machte wiederum Klara verzweifelt. Sie schüttelte ihn an den Armen, und ihre Augen wurden ganz dunkel, während sie versuchte, in einem Gemisch aus Französisch, Englisch und Deutsch zu erklären, was sowieso nicht zu erklären war, und nachts auf den Wellenbrechern schüttete sie mir ihr Herz aus, und ich spürte, dass ihr die Sache echt Probleme machte, sie seufzte und sagte, dass sie Aziz unheimlich gern mochte und ihn nicht verletzen wollte, aber sie wollte eben nicht mit ihm zusammen sein, und so eine Geschichte hatte ihr nie zuvor so zu schaffen gemacht, weil ihr noch nie zuvor jemand, der etwas von ihr wollte, was sie nicht wollte, so am Herzen gelegen war, und die ganze Sache ging drei Tage lang dahin, Aziz verschwand, kam betrunken wieder, sah drein wie ein geschlagener Hund, und Klara wusste nicht, was sie tun sollte, und ich konnte ihr nicht helfen, aber sie stand es durch, und dann beruhigte Aziz sich endlich und akzeptierte, was Klara wollte und nicht wollte, und blieb doch bei uns, und es wurde fast wieder so wie vorher, vor allem in dieser Nacht, in der es regnete.

Eigentlich regnet es an der Côte d'Azur im Sommer nie, sagten Aziz und Said, aber an diesem Abend platzten alle Wolken am Himmel, und es regnete und regnete und regnete sich ein, und man konnte unmöglich am Strand schlafen, und Klara und ich fragten uns schon, was wir machen sollten, aber zuerst liefen wir noch mit Aziz und Said durch die Stadt, und auf einmal kamen wir an einem Café de Paris vorbei, und mir fiel gleich Eliane ein, und ich sagte, wir müssten da unbedingt hinein und etwas trinken. Die anderen waren sowieso einverstanden, und dann saßen wir schon in dem schmierigen Café mit einer Musicbox drin, und aus der spielte es nur altmodische Musik, die Eliane wahrscheinlich gefallen hätte. Am öftesten wurde eine Nummer gedrückt, bei der ein Typ mit Falsettstimme dauernd, *Et jái pleuré, pleuré, Aline*, sang, und wenn ich etwas zum Aufnehmen dabei gehabt hätte, hätte ich das für Eliane aufgenommen, aber so bestellte ich mir jedenfalls einen Cognac, ohne Kakao, und den trank ich auf sie und war sicher, dass sie es damals an der Côte d'Azur genauso fein gehabt hatte wie Klara und ich jetzt.

Aziz und Klara waren an diesem Abend besonders kindisch drauf, und die Geschichte, die zwischen ihnen gelaufen war, war vergessen, zumindest sah es so aus, und sie schlugen sich die ganze Zeit mit den Plastiklöffeln aus ihren Drinks auf die Hände und kicherten und lachten wie die Irren, und es wurde spät in Elianes Café de Paris, und wir gingen erst, als sie schon zusperrten, und draußen regnete es noch immer wie verrückt, und die Tropfen trommelten auf unsere Köpfe und liefen uns über das Gesicht, und auf den Gehsteigen stand das Wasser, und Klara fragte mich, wie wir um diese Zeit noch einen Schlafplatz finden oder ob wir die Nacht durchmachen sollten, aber dann sagte Said, sie hätten einen feinen Platz zum Schlafen und wir sollten mitkommen.

Der Platz war die Tiefgarage eines der vielen Luxushotels, die an der Promenade herumstanden, und er war wirklich bequem, trocken und fast so luxuriös wie das Hotel, zu dem er gehörte. Wir breiteten unsere Schlafsäcke aus und krochen rein, und dann quatschten wir weiter und fanden wieder mal irrsinnig viele Dinge total zum Lachen, und wir schliefen fast nicht, aber wir wurden ja diesmal nicht um sieben Uhr von den Bullen geweckt, sondern konnten auf diesem abgelegenen Plätzchen pennen, bis wir ausgeschlafen waren, und dann ging der nächste verrückte Tag los.

Die Zeit verrann wie ein Wasserfall, und es kam der Tag, an dem Klara und ich abreisen mussten. Schon Tage vorher hatte ich den absoluten Blues, und ich versuchte, mir alles, was wir erlebten, ganz genau einzuprägen, um es auf keinen Fall zu vergessen, das war eigentlich das Leben, das ich mir wünschte, und wenn ich an meine Eltern und unser Haus und die Betonleute und auch noch an die Schule dachte, wurde mir richtiggehend und körperlich schlecht, und mein Herz tat mir total weh, weil ich wusste, dass ich dorthin zurückmusste und nicht hier bleiben konnte, und dann standen wir irgendwann am Bahnhof und warteten auf unseren Zug, und Aziz und Said waren mitgekommen, und ich versuchte, wie immer mit ihnen zu scherzen und zu lachen, aber Aziz sagte, er sehe ganz genau, dass ich nicht lachen könne, und dann kam der elende Zug, und wir mussten einsteigen. Wir hängten uns aus unserem Abteil aus dem Fenster, und mein Herz war ganz eng, und Aziz schenkte uns noch zwei Münzen aus der Diebesbeute, und dann fuhr der Zug ab, und wir winkten unseren Freunden, solange wir sie sehen konnten und noch länger, und wir heulten wie die Schlosshunde, und ich heulte, weil wir die beiden wahrscheinlich nie wieder sehen würden, und ich heulte wegen der ganzen schönen vergangenen Zeit, und ich heulte, weil ich zu Hause wieder ein ganz normales Leben würde führen müssen, und ich heulte wegen der verlorenen Freiheit und wegen der Ungerechtigkeit des Lebens und überhaupt wegen allem, und ich konnte mich die ganze Zugsfahrt über nicht wirklich beruhigen, mir kamen immer wieder die Tränen und Klara auch, und wir umarmten und streichelten uns gegenseitig, aber es half nicht wirklich.

Cornelia

In Wien anzukommen war die Hölle. Am Bahnhof warteten meine Eltern auf uns, meine Mutter weinte vor Wiedersehensfreude, und ich hätte am liebsten mitgeweint, aber aus anderen Gründen. Sie fragten ständig, wie es denn gewesen sei, aber was hätte ich ihnen erzählen sollen? Ich redete irgendeinen Scheiß vom Eiffelturm und von den Champs Elysees und von den tollen Hotels in Cannes, und während ich das tat, kam ich mir wie die größte Lügnerin der Welt vor, aber nicht deshalb, weil ich meine Eltern anlog, sondern deshalb, weil ich mein wahres Leben verleugnete. Ganz schlimm war auch, Klara zu Hause abzusetzen, und dann war sie nicht mehr da, und ich war allein mit meinen spießigen Eltern, und wir fuhren mit dem dicken Auto meines Vaters zu unserem bescheuerten Haus mit dem sandenden Boden, und natürlich erzählte mein Vater prompt, dass der Boden noch immer nicht in Ordnung sei, und regte sich gleich wieder maßlos auf, und meine Mutter beschwichtigte ihn, wie sie es immer tat, und das alles ging mir so was von auf die Nerven, dass ich meinte, ich würde das Ganze sowieso nicht mehr lange aushalten. Zu Hause sagte ich, dass ich wahnsinnig müde von der Fahrt sei und gleich schlafen gehen wolle, und dann verzog ich mich in mein Zimmer und ließ meine ganze Traurigkeit raus und heulte, was das Zeug hielt, bis ich irgendwann endlich einschlief.

Am nächsten Tag rief ich gleich nach dem Aufstehen Klara an, und wir vereinbarten, dass wir uns in einer Stunde im Stadtpark treffen würden. In Cannes hatten wir uns von unserem letzten Geld jede ein cooles Shirt gekauft, das zogen wir an, und die Münzen von Aziz und Said trugen wir an einer Kette um den Hals, und als wir uns sahen, sprangen uns gleich wieder die Tränen in die Augen, und den ganzen Tag redeten wir von nichts anderem als unserer Reise. Klara und ich beschlossen, unsere Diebeszüge in Erinnerung an Aziz und Said weiter auszubauen, ansonsten interessierte uns hier nichts und niemand, und wir hingen nur gelangweilt in den Parks und auf der Straße herum, und es kam uns nicht einmal in den Sinn, jemanden zu verarschen. In diesen Ferien lebten wir nur auf, wenn wir Post aus Frankreich bekamen, von Aziz oder Said, und anfangs schrieben sie uns auch wirklich oft, mit ganz krakeliger, ungelenker Schrift, und sie schrieben, dass sie ihre Diebsbräute vermissten und dass es ziemlich langweilig war an der Côte d'Azur ohne uns, und wir schrieben ihnen postlagernd, wie schrecklich es hier war, und dass wir so bald wie möglich wieder nach Frankreich fahren wollten, und wir schickten Fotos von uns, und sie schickten uns dann auch welche von sich, aber nach drei Wochen kamen plötzlich keine Briefe mehr, und wir fragten uns, ob sie wohl verhaftet worden waren oder ob sie uns vergessen hatten oder was sonst los sein könnte, aber es kam ganz einfach keine Antwort mehr auf unsere Briefe, und langsam begannen wir, uns wieder an das Leben hier zu gewöhnen, und ich wusste, dass ich eigentlich scheißallein war und nur Kurt mich wirklich verstehen hätte können, und dann kam das Schlimmste, das war, dass die Schule wieder anfing.

Der erste Schultag war ein Tag, der viel zu schön für Schule war, die Sonne schien noch ganz sommerlich heiß, und die Leute auf der Straße sahen irgendwie fröhlich drein, aber mir ging es elend, ich konnte mir einfach noch immer nicht vorstellen, wieder in diesen schrecklichen Trott mit Aufstehen und Schulegehen und Lernen und Prüfungen und Noten und Scheißkindern und so weiter zu fallen, und dann fiel mir Zbornik ein, und es wurde noch schlimmer, und dann sah ich schon das Schulhaus, grau in grau, und drinnen stank es nach Kreide und Kindern und Pausenbroten, und die grässliche Glocke klingelte und wir mussten alle in die Klassen.

Ich ging so langsam wie nur möglich rein und sah dabei immer zu Boden, ich wollte mit alledem nichts zu tun haben, und wenn ich an die Scheißkinder dachte, die ich jetzt gleich alle sehen würde, wurde mir sowieso wieder schlecht. Ich wollte das alles einfach hinter mich bringen und dann mit Klara raus auf die Straße, und so ging ich in die Klasse rein, und alles war so beschissen, wie ich es mir vorgestellt hatte, mit einer Ausnahme, und das war Cornelia. Ich hatte sie den Sommer über fast vergessen, aber jetzt kam sie gleich zu mir her und begrüßte mich total nett, und mir fiel sofort ein, was sie über die verlogene Liebes- und Rücksichtsscheiße gesagt hatte, und was sie zu Zbornik gesagt hatte und wie sie zum Direktor gegangen war, und dann hatte es geheißen, dass Zbornik eine Verwarnung bekommen hätte, und ich freute mich echt sie zu sehen, und sie sagte, sie habe einen beschissenen Sommer gehabt, die ganze Zeit nur in Wien und zwei öde Wochen am Meer mit dem Vater und seiner Freundin, und ich bekam Lust, sie für einen gemeinsamen Nachmittag mit Klara einzuladen.

Natürlich fiel mir dann wieder Klaras Eifersucht ein, aber ich dachte, ein toller Sommer hätte diese Geschichte vielleicht beendet, und darum schlug ich Klara ein Treffen zu dritt vor, und sie sagte zuerst nichts und sah mich komisch an, aber dann stimmte sie zu, und wir gingen in den Stadtpark und setzten uns zum Brunnen und redeten über die Ferien, und Klara und ich konnten uns kaum halten vor Schwärmen, und wir erzählten Cornelia ziemlich viel von den coolen Dingen, die wir erlebt hatten, und ich glaube, sie war beeindruckt. Später bekamen wir Hunger und wollten was essen gehen, aber wir hatten alle drei kein Geld, und da schlug ich einfach vor, dass wir einen Klau machen sollten. Ich wollte checken, wie cool Cornelia wirklich ist, und ich erklärte ihr, wie Klara und ich es immer in den Klamottenläden machten, und Cornelia hörte mir ganz genau zu, und dann sagte sie nur: Okay, und wir zogen los in die Stadt und gingen in einen unserer Stammläden, und dann machten wir unsere Kabinennummer, nur dass diesmal nicht ich, sondern Cornelia in die Tasche griff.

Sie hatte das echt gut drauf, obwohl sie es vorher noch nie gemacht hatte, und sie blieb völlig cool dabei. Sie zog nicht nur die Geldtasche, sondern kramte noch weiter und nahm eine ziemlich gute Sonnenbrille und ein Handy, und dann waren wir schon wieder draußen und zogen in eine Seitengasse und räumten die Geldtasche aus. Drin waren hundertzwanzig Euro, das war ziemlich gut, und wir kauften uns erstmal jede Menge Zigaretten, und dann gingen wir Sushi essen. Wir bestellten jede ein großes Set, dazu jede Menge Cola, und dann futterten wir, bis uns die Bäuche wehtaten und von zu viel Cola gurgelten, und mit dem Handy riefen wir alle möglichen Leute an und verarschten sie. Später zogen wir in der Stadt herum, quatschten Typen an, die uns gefielen, und die Stimmung war total gut, und ich freute mich, dass Cornelia mit dabei war und dass es echt cool war mit ihr, und gegen Abend verabschiedete sie sich von Klara und mir, und ich sagte, sie müsse unbedingt die Sonnenbrille mitnehmen, denn die stand ihr echt gut, und sie hatte sie ja auch selbst geklaut, und dann ging Cornelia, und kaum war sie weg, rastete Klara aus.

Sie sagte, dass Cornelia den Geist unserer Diebestouren nicht verstand und dass es nicht zu unserer Abmachung gehörte, was anderes als Bargeld zu nehmen, und dass ich unsere Geschichte und Aziz und Said verraten hätte, weil ich sie mitgenommen hatte, und dass Cornelia unberechenbar war und nie verstehen könne, was uns verband, und dass sie unsere Freundschaft zerstören würde, und dass sie sie nie wieder mit dabeihaben wolle, und sie heulte und hörte überhaupt nicht mehr auf, mir Vorwürfe zu machen und über Cornelia zu schimpfen, und dann versuchte ich wieder, ihr das auszureden und ihr klarzumachen, dass es keinen Grund gab, auf Cornelia eifersüchtig zu sein, weil sowieso *sie* meine beste Freundin wäre, die einzige, die wahre, die eine, die man nie wieder finden würde, aber Klara glaubte mir nicht. Sie sagte, sie sei überhaupt nicht eifersüchtig, aber ich verstünde nicht, dass es hier um uns gehe, um unser beider Leben. Ich versuchte alles, um sie vom Gegenteil zu überzeugen, aber ich wusste schon, während ich es versuchte, dass es mir nicht gelingen würde, und so war es auch.

Klara heulte und schimpfte noch, als wir uns spätabends trennten und nach Hause gingen, und am nächsten Tag rief sie mich schon frühmorgens an, sie sagte, ich müsse unbedingt noch vor der Schule zu ihr kommen, jetzt gleich, sofort, und irgendwie wusste ich, dass es wirklich wichtig war, oder vielmehr hatte ich so ein Gefühl, dass es ernst wäre, und ich bekam Bauchweh und machte mich gleich auf den Weg zu ihr, und auf dem Weg bekam ich immer mehr Angst, und dann stand ich vor ihrer Tür und klingelte, und sie machte auf und drehte sich gleich wieder um, und da sah ich das Blut, das von ihren Armen heruntertropfte und den Boden rot färbte. Mein Herz begann zu rasen, und ich packte ihre Arme und drehte sie um, sie hatte sich kreuz und quer aufgeritzt, das Blut rann aus den Wunden, und sie sah mich mit einem schrecklichen Ausdruck in den Augen an, und in meinem Kopf liefen die Gedanken Sturm, ich dachte nur, Scheiße, Scheiße, Scheiße, und ich hatte keine Ahnung, was ich tun sollte, und irgendwie fühlte ich mich schuldig, aber gleichzeitig hatte ich auch eine riesige Wut auf Klara und das Gefühl, dass ich schnell hier weg müsste, und dann drehte ich mich um und rannte weg.

Ich lief wie eine Wahnsinnige, rempelte unzählige Leute an und sah nicht, wohin ich trat oder wo ich war, ich wollte nur so schnell wie möglich nach Hause, und als ich dort ankam, schloss ich mich in mein Zimmer ein. Alles, was ich mit Klara zusammen gemacht hatte, wie wir uns kennengelernt hatten, die Diebszüge, die Partys, die Zeit mit Fabian, Klaras Gabbermacker und Niemand, das Spiegelspiel, Frankreich, Klaras bitterböse Analysen der Typen, mit denen ich mich eingelassen hatte, ihre Eifersucht auf mein Aussehen, die kleine Wohnung, in der sie lebte, all das lief in meinem Kopf zusammen, und ich konnte nicht glauben, dass das jetzt vorbei war, und ich konnte nicht begreifen, warum sie etwas so Schreckliches gemacht hatte, aber ich wusste, es würde zwischen uns nie mehr so werden, wie es einmal war. Langsam liefen mir Tränen übers Gesicht, und ich nahm die Schachtel mit den Karten, die sie mir in der Zeit mit Florian geschrieben hatte, und las sie alle, und Klaras Schrift verschwamm mir vor den tränenblinden Augen, und dann zerriss ich eine Karte nach der anderen, und die Schnipsel zündete ich an und verbrannte sie im Aschenbecher, und danach legte ich mich ins Bett und zog mir die Decke über den Kopf, und eine riesige Müdigkeit erfasste mich, und ich wollte nichts als schlafen und alles vergessen.

Morgen oder übermorgen werde ich Klara in der Schule wieder sehen, und Cornelia wird auch da sein. Ich weiß nicht, wie das werden wird, ich weiß nur, dass es nicht mehr so wie früher sein wird, vielleicht wird Klara sich einen anderen Sitzplatz gesucht haben oder ich suche mir einen und wir werden nie wieder miteinander reden, vielleicht werden wir aber auch beide so tun, als wäre gestern nicht gewesen, und wir werden nach der Schule in den Stadtpark gehen und sehen, was so abgeht. Was immer so bleiben wird, wie es war, ist, dass ich sowieso allein bin und dass niemand und wirklich niemand auch nur im Ansatz versteht, was ich meine und warum mein Leben so beschissen ist, wie es eben ist, und ich weiß, dass ich nie jemanden finden werde, der es verstehen würde, außer vielleicht Kurt, und der ist tot, aber ich liebe die Stimme, mit der er seine Sachen herausschreit, die Welt ist Scheiße, und wir sind es auch.